DU

# CHANT CHORAL

PAR

## LAURENT DE RILLÉ

PARIS

PERROTIN, ÉDITEUR DE L'ORPHÉON
RUE FONTAINE MOLIÈRE, 41

1856

DU

# CHANT CHORAL

PARIS. — TYP. SIMON RAÇON ET COMP., RUE D'ERFURTH, 1.

# DU
# CHANT CHORAL

PAR

## LAURENT DE RILLÉ



PARIS

PERROTIN, ÉDITEUR DE L'ORPHÉON

41, RUE FONTAINE-MOLIÈRE, 41

1856

Au moment où le mouvement musical se prononce
en France en revêtant une forme nouvelle, nous croyons
devoir publier ces quelques pages.

Dans ce mince volume, les administrateurs trouveront des documents qui leur faciliteront les moyens d'ac-
complir un progrès réel.

Les artistes et les amis de l'art musical populaire y
puiseront des matériaux qui pourront les aider à créer
de nouvelles institutions orphéoniques.

Les jeunes Sociétés chorales y apprendront les procédés techniques qui ont assuré les succès de leurs
aînées.

LAURENT DE RILLÉ.

Paris, le 1<sup>er</sup> juillet 1856.

# TABLE

—

# DU
# CHANT CHORAL

## I

Chez les peuples primitifs, toutes les émotions se manifestent par des chants.

Chaque événement qui vient modifier la vie de la famille impressionne vivement tous ses membres. Ceux-ci se serrent les uns près des autres, ils veulent exhaler ensemble leur joie ou leur douleur, et c'est par des chants répétés en chœur qu'ils célèbrent la bienvenue d'un nouveau-né, les fêtes de l'hymen, le deuil des funérailles.

Lorsque la tribu tout entière, lorsque la nation est émue à son tour, la tribu, la nation, s'assemble aussi, et des centaines, des milliers de voix unies, entonnent un hymne religieux ou guerrier.

Telle est l'origine du chant choral.

Ainsi, dans les premiers âges des civilisations, dans l'Asie antique, dans l'Europe barbare, dans les déserts de la mystérieuse Afrique, dans les solitudes encore sauvages des deux Amériques, nous retrouvons ce chant des hommes réunis : les Manéros funèbres de l'Égypte, les Cantiques d'Israël, le Bardit des Gaulois, l'Épithalame des Abyssins, le chant de guerre des Pawnies.

Plus tard, les événements furent plus compliqués, les émotions plus complexes ; les chants devinrent plus développés, les multitudes chantantes plus nombreuses. Il fallut employer des instruments destinés à soutenir l'intonation de la voix humaine pendant le cours d'une longue épopée, et à maintenir le rhythme des hymnes parmi les rangs pressés d'un peuple de chanteurs.

Les rapsodes, qui allaient récitant par les villes de la Grèce les vastes poésies d'Homère, s'accompagnaient avec la lyre ; des flûtes guidaient les longues théories qui chantaient en partant pour Délos, et les Hébreux réglaient les chœurs de leurs milliers de lévites avec des trompettes d'argent, des tambourins et des harpes.

Dans les solennités sacrées, dans les réunions du peuple, le chant choral, accompagné ou non, occupa toujours une large place, parce qu'il était l'expression des sentiments de tous.

Dans les tragédies d'Eschyle, de Sophocle, d'Euripide, tragédies dont les représentations avaient tout le caractère de fêtes religieuses et nationales, puisqu'elles rappelaient aux Grecs leurs dieux et leurs ancêtres, le chœur prenait une part directe à l'action, ou intervenait sur la scène pour exprimer les pensées de la foule saisie de terreur ou de pitié.

C'étaient les Océanides consolatrices qui s'élevaient vers le roc du titan Prométhée ; c'étaient les habitants de Colone frappés d'horreur au seul nom d'Œdipe ; ou bien encore les Euménides implacables dont la fureur poursuivait Oreste le meurtrier.

Écrites dans le dialecte dorien, plus euphonique encore

que le dialecte attique réservé aux personnages du drame, les strophes, les antistrophes, les épodes du chœur, attestent, chez les tragiques, un soin poétique tout particulier.

Maintenant ces chœurs religieux, guerriers ou tragiques, étaient-ils chantés à l'octave et à l'unisson? Se composaient-ils de l'accord de plusieurs parties distinctes? Après de longues controverses, aucun musicographe n'a encore pu décider cette question.

En effet, les invasions des hommes nouveaux dans le monde antique, les migrations des barbares au milieu de l'incendie des bibliothèques et de la destruction des monuments historiques, tout ce tumulte, tous ces efforts des sociétés en formation, ont creusé entre l'ancien monde et le nôtre comme une mer d'oubli.

Et, lorsque ce déluge humain eut passé, des temples, des palais, restaient encore debout; des statues, des mosaïques, merveilleusement préservées par les laves d'un volcan qui engloutissait une ville toute vivante, devaient témoigner un jour à nos yeux de la perfection des arts plastiques chez nos devanciers; des manuscrits arrachés aux flammes et recopiés par les moines civilisateurs nous conservaient les chefs-d'œuvre de la poésie et de l'histoire et renouaient la chaîne brisée des temps.

Mais l'art de parler au cœur en modulant des sons, cet art dont les productions sont fugitives comme le son lui-même, presque insaisissables parce qu'elles échappent à la description, rapidement oubliées parce qu'avec leur notation toujours incomplète, elles ne laissent guère d'autres traces que le souvenir des sens émus, la musique enfin, qu'était-elle au temps de Pindare, au temps de Phidias?

Dès les premiers siècles de l'ère chrétienne, on l'ignorait déjà; cependant, selon les conjectures qui paraissent le mieux fondées, les chœurs de l'antiquité, religieux, guerriers ou tragiques, se composaient d'un chant unique exécuté sans aucune complication de contre-point et dans une tonalité tout autre que celle de notre système moderne.

La religion du Christ, qui rapprochait les hommes et les réunissait dans une communion fraternelle, devait inspirer la même pensée à tous les cœurs, la même prière à toutes les voix. Aussi, les pères et les néophytes qui souffraient et mouraient ensemble chantaient-ils ensemble aussi dans leurs assemblées nocturnes. Philon, qui les avait entendus, parle ainsi de leur chant : « Après le souper, les *thérapeutes* commencèrent leurs cantiques sacrés. Lorsqu'ils furent tous levés, il se forma deux chœurs, un d'hommes et un de femmes. Alors ils chantèrent en l'honneur de leur dieu des hymnes de mesures et de modulations différentes, tantôt chantant simultanément, tantôt se répondant tour à tour. »

Quand les persécutions eurent cessé, lorsque le culte public des chrétiens fut autorisé, ceux-ci voulurent augmenter la pompe de leurs cérémonies ; et, de même qu'ils ornaient les basiliques récemment consacrées avec les colonnes précieuses des temples renversés, ils essayaient de répéter dans leurs églises nouvelles les accents les plus purs du paganisme vaincu. L'évêque de Milan, saint Ambroise, et, plus tard, le pape saint Grégoire, recueillirent ainsi les plus belles mélodies de l'antiquité. Mais ces chants si célèbres, dénaturés par des échos infidèles, mutilés par des traditions incomplètes, avaient déjà perdu leur caractère et leur style, à tel point que l'hymne grec à Bacchus pouvait devenir le sublime *De profundis* de l'Église.

Quoi qu'il en soit, les pontifes de Rome connaissaient si bien la puissance civilisatrice de la musique, qu'ils choisissaient souvent des prêtres instruits dans l'art du chant pour porter les vérités de l'Évangile chez les peuples barbares.

Le moine saint Augustin, envoyé dans l'île de Bretagne par saint Grégoire, y introduisit le chant grégorien, et saint

Boniface, de Mayence, fit connaître aux Germains les hymnes de la Rome chrétienne.

Vers le huitième siècle, l'apparition des premières orgues en Occident vint favoriser les progrès scientifiques de la musique chorale, qui grandissait dans les chapelles royales, dans les églises et les monastères. On commença à accompagner les chœurs en mêlant à l'accompagnement des tierces, puis des quartes et des quintes. C'est ce qu'on appelait *organiser*. De leur côté, les chantres faisaient entendre des successions de tierces et même de quartes; ils pratiquaient ainsi le *discant* ou *déchant*, qu'on nomma ensuite *contre-point*, parce que, le bénédictin Guy d'Arezzo ayant imaginé de remplacer les lettres romaines qui représentaient les notes par des points échelonnés sur une série de lignes horizontales, la seconde partie, la partie d'accompagnement, était appliquée sur le chant, *point* contre *point*.

Grâce à ces essais informes, l'harmonie venait d'être inventée, retrouvée peut-être.

Mais ses progrès furent lents; c'était une science cultivée par un petit nombre d'adeptes et restreinte dans le cercle étroit des connaissances exceptionnelles. Elle ne fut longtemps employée que par les clercs instruits, dans les chapelles où elle était née, tandis que les rudes soldats de Charlemagne répétaient à l'unisson, en marchant au combat, ces chansons de guerre des anciens Germains, que leur empereur avait fait recueillir soigneusement et qu'il savait lui-même par cœur. Ces chants carlovingiens et vraiment nationaux restèrent longtemps dans la mémoire du peuple. Les Français chantaient encore la chanson de Roland à la fatale bataille de Poitiérs.

Le mouvement des croisades donna une nouvelle impulsion à la musique chorale. La foule des pèlerins qui allaient d'Occident en Orient traversaient l'Europe en chantant des mélodies d'un caractère plus moderne. C'étaient des hymnes qui célébraient les louanges de Dieu, de la Vierge ou des saints. En Italie, ces hymnes, ces *Laudi*, obtinrent une grande faveur. Saint François d'Assise en écrivit plusieurs, et des confréries permanentes se formèrent pour les chanter. En 1310, plusieurs habitants de Florence fondèrent, dans le but de se perfectionner dans le chant des *Laudi*, une société dont les membres se nommaient *Laudesi* ou *Laudisti*.

C'est la première société chorale dont l'histoire parle d'une manière certaine. En 1770, la société des *Laudisti* de Florence existait encore[1].

Les Ballades, les Lais, les Lieder des Troubadours, des Trouvères et des Minnesænger, chantés longtemps par des voix isolées, ne doivent point être comptés parmi les manifestations du chant choral.

Ce chant, qu'on retrouve toujours attaché aux grandes choses, se développait avec une magnifique splendeur dans les murs de la ville éternelle.

Palestrina faisait retentir les voûtes catholiques de Saint-Pierre des accords d'une harmonie riche, pleine, sonore et pure. Les voix seules chantaient comme un orgue humain, et les chœurs célèbres de la chapelle Sixtine devenaient dignes d'interpréter le *Miserere* d'Allegri devant les fresques de Michel-Ange.

Dans le nord de l'Europe, la réforme s'appuyait encore sur la musique chorale, pour activer l'énergie de son ardente propagande.

En Allemagne, Martin Luther composait lui-même des chorals.

En France, Clément Marot et Théodore de Bèze traduisaient les psaumes en vers français, pour qu'ils fussent plus facilement retenus par la multitude.

---

[1] Dans les anciennes collections de *Laudi*, le chant est écrit pour une voix seule, sans accompagnement. Les derniers *Laudi*, au contraire, furent composés à trois parties.

En Angleterre, Cromwell échauffait le sombre enthousiasme de ses troupes par le chant des cantiques puritains.

Les chœurs italiens avaient, les premiers, atteint la perfection; ils restèrent stationnaires. L'usage des chœurs sans accompagnement fut abandonné peu à peu pour des combinaisons vocales et instrumentales plus brillantes, mais moins majestueuses, et la chapelle Sixtine, premier berceau de la pure harmonie chorale, est restée son dernier asile en ce pays.

En France, la réforme fut vaincue, et le mouvement choral qui l'avait accompagnée arrêté du même coup.

En Angleterre, une fois les esprits refroidis et rendus à leur véritable nature, la musique chorale se borna au chant des psaumes et des cantiques dans les églises et dans l'intérieur des familles.

L'Allemagne, plus sensible que l'Angleterre au charme de l'harmonie des voix, garda les traditions du chant d'ensemble et en étendit la pratique. Dans les écoles, les séminaires, les universités, la musique, et spécialement le chant d'ensemble, furent cultivés avec soin; les professeurs formés dans ces pépinières fécondes instruisirent d'autres élèves à leur tour, et la musique jeta de profondes racines dans les mœurs du pays transformé. Les Tudesques violents et farouches de Henri IV et de Frédéric Barberousse, les sectaires fanatiques de Carlostadt, étaient devenus ces hommes hospitaliers, consciencieux et pacifiques que nous appelons les bons Allemands.

Dans ces derniers siècles, dans ces dernières années, la musique instrumentale a fait d'immenses progrès; la symphonie a été créée par des génies puissants.

Pourtant la voix humaine, moins étendue, moins résistante, moins sonore que les instruments, est restée leur souveraine.

Pourtant le chant choral, moins varié, moins éclatant que

le résultat des combinaisons orchestrales, prend aujourd'hui une force de vitalité singulière en Allemagne, en Suisse, en Hollande, en Belgique, en France.

C'est que la voix humaine est, de tous les instruments, celui qui vibre le mieux dans le cœur de l'homme.

C'est que le chant choral répond à un instinct d'expansion commun à toutes les civilisations, à un besoin d'association particulier aux sociétés modernes, à cet esprit de l'avenir qui a fait créer des mots nouveaux, parce qu'il fallait nommer des choses nouvelles : MORALISATION, SCIENCE SOCIALE, LIBRE ÉCHANGE, PROPRIÉTÉ INTERNATIONALE, etc.

Pour qui sait voir et juger, le développement actuel du chant choral n'est point un fait isolé, c'est un symptôme.

# II

Les sociétés chorales existent aujourd'hui sous quatre formes :

Soit comme section dépendant d'une association philharmonique, instrumentale et vocale;

Soit comme complément ou développement d'une école où d'une classe de musique;

Soit comme centre de réunion pour des membres même non musiciens qui concourent à former un *cercle;*

Soit enfin comme société spéciale ne se rattachant à aucune autre institution.

## SOCIÉTÉS CHORALES SPÉCIALES

Les sociétés chorales spéciales peuvent encore se subdiviser en deux catégories, d'après leur composition.

Les unes, comme l'*Union chorale de Cologne*, n'admettent dans leur sein que des hommes dont l'éducation musicale est très-avancée. Nous pourrions citer telle ville où les meilleurs professeurs, où les amateurs les plus distingués, font tous partie d'une société chorale. Ces sociétés possèdent alors des ressources nombreuses et importantes. Leurs membres sont pour la plupart excellents musiciens. Ils ont des loisirs, et peuvent payer des cotisations assez élevées.

Les sociétés chorales artistiques ont donc pour elles l'instruction, le temps, l'argent :

L'instruction musicale, qui rend possibles les lectures à première vue, facilite les intonations insolites, et met enfin à la disposition d'un directeur un chœur de voix déjà réglées et assouplies par le travail du chanteur;

Le temps, qui permet les répétitions plus fréquentes, plus longues, et les études préliminaires faites à l'avance par chacun avant la répétition commune:

L'argent, qui multiplie les copies, forme les riches bibliothèques, prépare les grandes solennités musicales, solde les frais qu'entraînent les voyages, les concours, et assure quelquefois la coopération d'artistes utiles à une parfaite exécution.

Aussi une supériorité assez marquée est-elle acquise jusqu'à présent aux sociétés chorales *artistiques* sur les sociétés chorales *ouvrières*. En Belgique, dans un même concours, une ligne de démarcation est souvent tracée entre elles, et on décerne un prix aux sociétés artistiques, un prix aux sociétés ouvrières.

Les sociétés ouvrières se recrutent dans les ateliers, dans les chantiers de travail, au milieu d'une population laborieuse dont les connaissances musicales sont bornées le plus souvent aux premiers éléments du solfége, recueillis dans un cours public suivi avec plus ou moins de régularité. Là, les cotisations sont nécessairement minimes; un chômage prolongé, une commande de travaux sur un point éloigné, enlèvent souvent à une société ses meilleurs soutiens; quelquefois, au contraire, c'est l'activité des travaux qui nécessite des *veillées* et interrompt le cours des répétitions. L'exercice d'un état pénible peut s'opposer aussi, chez beaucoup de sociétaires, au développement et à la pureté de la voix.

D'après leur situation, que nous ne faisons qu'esquisser sommairement, on peut se faire une idée des difficultés de toute nature qu'une société chorale ouvrière doit surmonter. On entrevoit ce qu'il lui faut dépenser d'intelligence, d'énergie, d'abnégation, de persévérance, pour arriver à des résultats dont les maîtres de l'art eux-mêmes ont été surpris.

Si quelques sociétés allemandes et belges sont en possession du premier rang parmi les sociétés artistiques, des sociétés parisiennes, les *Enfants de Lutèce* particulièrement, ont conquis la première place parmi les sociétés ouvrières.

On nous objectera qu'il n'existe pas de sociétés chorales artistiques à Paris. Est-ce une excuse, est-ce un blâme pour cette ville?

L'énormité des distances, la multiplicité des occupations, la fréquence des distractions, sont autant d'obstacles qui s'opposent, à Paris, à la formation d'une société chorale artistique.

En province, ces obstacles n'existent pas.

## SOCIÉTÉS-CERCLES

Dans certaines villes, au contraire, le besoin de distractions vient en aide à la formation des sociétés chorales. Des employés, des avocats, des négociants, des gens du monde, se groupent autour d'un noyau de musiciens, et une société chorale est le prétexte qui sert à fonder un cercle. Les cotisations de membres associés nombreux permettent à la société chorale d'avoir un vaste local pour ses répétitions, et lui assurent des abonnés pour ses concerts.

L'attrait des réunions dans la salle de billard, la lecture des journaux variés, l'animation du jeu de paume, la fraîcheur des jardins du cercle, attirent de nouveaux sociétaires musiciens, tandis que le charme de la musique d'ensemble engage les membres associés à devenir musiciens eux-mêmes, et le cercle et la société chorale prospèrent tous deux, appuyés l'un sur l'autre. C'est ce qui se passe à Lille chez les orphéonistes lillois (*Criks-Mouils*), à Arras dans la Société des chœurs.

## ORPHÉONS

Les sociétés de chant d'hommes n'ont pas seulement pour mobile de récolter chaque année dans les concours une moisson plus ou moins ample de médailles d'or, d'argent ou de bronze; elles ne sont pas instituées seulement pour être l'occasion de fêtes qui attirent des étrangers sur le théâtre de leurs luttes chorales, et pour donner ainsi une nouvelle activité au commerce de la ville qui leur offre l'hospitalité. Ces considérations, qui ont leur importance administrative et municipale, sont cependant très-secondaires.

Le vrai but des sociétés chorales est de donner à leurs membres des habitudes d'ordre en leur faisant accepter et pratiquer le principe de la *solidarité volontaire*, et de répandre dans le pays le goût de la musique populaire, les germes de l'instruction musicale.

C'est à ce dernier point de vue que les sociétés chorales et les écoles de chant nous apparaissent marchant dans la même voie et se prêtant un mutuel secours.

Aussi, en province, les *sociétés chorales* (réunions de chant d'hommes) et les *Orphéons* (écoles de chant sous le patronage et la surveillance de l'autorité) ne sont-ils souvent qu'une seule et même institution. Tels sont les Orphéons ou les sociétés chorales de Meaux, de Boulogne-sur-Mer, etc. [1].

A Paris, l'Orphéon se compose de l'ensemble des classes de chant dirigées dans les écoles communales de la ville par des professeurs spéciaux sous la direction et la surveillance

---

[1] Plusieurs préfets ont organisé des Orphéons dans leurs départements, par des circulaires et des arrêtés, sur la proposition de M. E. Delaporte. Voyez page 67, note A.

d'une commission du chant, d'un directeur général et d'un inspecteur.

Les élèves de l'Orphéon de Paris (adultes et enfants des deux sexes) sont convoqués plusieurs fois par an dans des séances solennelles, pour que la ville puisse apprécier leurs progrès.

Ces séances sont toujours d'un excellent effet. La masse considérable des exécutants[1] donne aux auditeurs une haute idée de la puissance du chant choral. Les élèves eux-mêmes en reçoivent une impression si favorable, qu'ils viennent aux cours de la ville en plus grand nombre et avec plus d'assiduité, dans l'espoir de se voir récompensés par leur admission aux séances solennelles[2].

Plusieurs professeurs de l'Orphéon de Paris ont senti la nécessité de stimuler le zèle des jeunes gens confiés à leurs soins par des exécutions plus fréquentes en dehors des grandes séances; ils ont réuni leurs élèves adultes, et ont constitué des sociétés chorales à côté de leurs cours officiels. Ces élèves, voyant ainsi l'application jointe au précepte, fréquentent la classe de musique plus régulièrement, et l'instruction qu'ils continuent à y recevoir facilite leurs progrès dans la société chorale.

D'autres écoles encore, comme la classe populaire de chant d'ensemble du Conservatoire de Paris, ont joint à leur enseignement intérieur la manifestation publique d'une société chorale.

## SECTIONS CHORALES DE SOCIÉTÉS MUSICALES

De grandes associations philharmoniques, celles de Bordeaux, de Bruxelles, d'Anvers, créées pour interpréter des

---

[1] Certaines séances de l'Orphéon ont compté jusqu'à quinze cents chanteurs.

[2] Voyez page 77, note B.

œuvres complètes avec orchestre et chœurs, ont pris part au mouvement choral que nous signalons; elles se sont divisées en sections chorales et instrumentales, et les sections chorales, tantôt réunies à l'orchestre, tantôt livrées à leurs seules ressources, ont apporté dans la pratique du chant d'ensemble plus de soin, plus de perfection. La section des chœurs de la société royale de la Grande-Harmonie, de Bruxelles, peut être considérée comme un des types les plus parfaits des sociétés chorales faisant partie d'une association philharmonique.

Nous nous sommes étendu un peu longuement peut-être sur les divers modes d'existence actuelle des sociétés chorales, pour bien montrer qu'elles sont possibles dans toutes les localités, qu'elles peuvent vivre, quels que soient leurs éléments. Nous aurions pu nommer des sociétés dont les membres n'étaient pas musiciens, ne savaient pas lire une note dans quelque système d'écriture que ce fût; ils apprenaient leurs parties *en échos* avec un violon répétiteur. Ces sociétés sont bien vivantes pourtant, elles ont obtenu d'incontestables succès. C'est que la première, la seule condition indispensable à la fondation, au maintien, à la prospérité d'une société chorale, c'est une volonté forte et communicative.

Lorsqu'une société chorale est constituée avec ou sans l'appui d'un cercle, d'une réunion existant déjà ou de l'autorité municipale, elle doit s'occuper des moyens d'assurer sa prospérité matérielle et ses progrès artistiques, qui sont, du reste, intimement liés ensemble.

Car la décadence physique commence pour une société au moment où le progrès moral s'arrête, et le progrès moral s'arrête dès que l'ordre physique est troublé.

Un insuccès à un concours entraîne des désertions, des vides dans les cadres d'un orphéon; le désordre administratif est le précurseur certain d'une déchéance artistique.

L'attention d'une société chorale qui veut produire des résultats durables doit donc se porter sur deux points principaux :

La *discipline intérieure*, qui fonde l'ordre matériel ;

Les *études musicales*, qui préparent les exécutions publiques.

La *discipline intérieure* est établie par un *règlement*. Étudions d'abord la question du *règlement ;* nous verrons ensuite quelles peuvent être les *études musicales*.

# III

Nous avons sous les yeux plusieurs règlements de sociétés chorales ; ils ont tous beaucoup de rapports entre eux dans leur ensemble et dans leurs détails, et cela n'a rien qui doive étonner, puisqu'ils traitent tous la même matière. Nous croyons faciliter la tâche des artistes et des instituteurs qui voudraient créer des sociétés chorales en transcrivant ici un projet de règlement type, dont nous choisissons les articles dans les statuts de diverses réunions orphéoniques. On conçoit que le règlement que nous proposons peut subir autant de modifications que l'exigent les circonstances au milieu desquelles la société nouvelle prend naissance.

## RÈGLEMENT

ARTICLE 1<sup>er</sup>. — Le ... (la date), à ... (le lieu); les soussignés se sont réunis pour fonder une société qui prend le nom de ...

ART. 2. — La Société a pour but l'exécution des chants d'ensemble.

ART. 3. — Elle est guidée dans ses travaux par un directeur.

ART. 4. — Elle est administrée par un comité.

ART. 5. — Toute discussion politique ou religieuse est formellement interdite dans la Société.

ART. 6. — La Société n'exécute de chants politiques que sur l'invitation officielle de l'autorité.

### Du directeur.

ART. 7. — Le directeur conduit les répétitions et les exécutions publiques ; il convoque et préside le comité. Il veille à l'application du règlement.

Il peut se faire suppléer par le sous-directeur.

## Du comité.

Art. 8. — La Société est administrée par un comité. Ce comité est composé ainsi qu'il suit :

Un directeur ;
Un sous-directeur ;
Un secrétaire trésorier ;
Un secrétaire adjoint ;
Un bibliothécaire chargé de la conservation du matériel ;
Quatre ou huit chefs d'attaque (selon que la Société est plus ou moins nombreuse) ;
Quatre ou huit délégués (un ou deux pris dans chaque partie).

Art. 9. — Le comité gère le fonds social, veille au maintien du bon ordre, entretient les relations extérieures, et organise les concerts et les fêtes musicales.

Il vérifie les comptes du secrétaire trésorier, prononce certaines peines disciplinaires, répond aux communications qui peuvent être faites à la Société, choisit les morceaux à mettre à l'étude et fixe les jours de répétions-extraordinaires.

Art. 10. — Toutes les fonctions dans le comité sont électives.

Art. 11. — Les élections des directeur, sous-directeur, secrétaires et bibliothécaire sont faites pour un an, dans une assemblée générale annuelle.

Tous les membres sortants peuvent être réélus.

Les élections ont lieu à la majorité.

La présence des deux tiers des sociétaires inscrits est nécessaire pour valider les élections.

Les chefs d'attaque et les délégués sont nommés pour six mois par leurs parties respectives. Ils peuvent être aussi réélus.

La présence des deux tiers de chaque partie est nécessaire pour valider l'élection des chefs d'attaque et des délégués.

Art. 12. — Lorsqu'il y a lieu de remplacer un de ses membres, le comité convoque une assemblée générale extraordinaire.

Art. 13. — Le comité se réunit le 1er de chaque mois. Il peut être convoqué d'urgence par le directeur, en dehors des réunions mensuelles.

Art. 14. — Le procès-verbal de chaque séance du comité est rédigé par un des secrétaires, qui en donne lecture à la prochaine réunion de la Société.

2.

Après cette lecture, le procès-verbal reste affiché dans la salle des réunions, pour y rester tout le mois en permanence.

Art. 15. — Chaque année, un rapport sur les travaux de la Société est rédigé par les soins du comité, pour être lu dans l'assemblée générale annuelle. Ce rapport doit contenir un tableau indiquant le nombre de présences de chacun des membres du comité aux réunions de ce comité, afin que les sociétaires soient à même de juger comment leurs mandataires ont rempli la mission qui leur avait été confiée.

Art. 16. — Tout membre du comité qui manque à deux séances consécutives du comité sans motifs reconnus légitimes est considéré comme démissionnaire. Il est procédé à son remplacement dans les formes indiquées par l'art. 12.

Art. 17. — La présence des deux tiers des membres du comité est nécessaire pour valider ses décisions.

### Du fonds social.

Art. 18. — Le fonds social se compose d'un droit d'entrée dans la Société, fixé à ..... Il est alimenté par les cotisations individuelles de chaque sociétaire, fixées à ..... par semaine (ou par mois). Les cotisations se payent d'avance, Il s'augmente des recettes que la Société peut réaliser dans les concerts et fêtes musicales et des dons et legs qu'elle peut recevoir.

Art. 19. — Le trésorier perçoit les recettes pour la caisse sociale. Il ne peut payer que sur quittances ordonnancées par le directeur.

### Des répétitions (et cours de chant).

Art. 20. — Les études des sociétaires ont lieu ..... fois par semaine ; les ..... à ..... heures. L'appel est fait à ..... heures.

Art. 21. — Les sociétaires sont tenus d'assister régulièrement aux études et aux réunions.

Art. 22. — Ceux d'entre eux qui se trouveraient dans la nécessité de manquer à deux répétitions consécutives doivent en prévenir le directeur par écrit. Pour une plus longue absence, ils doivent demander un congé.

Art. 23. — A l'approche des concours ou des exécutions publiques, le comité peut décider que les études seront plus fréquentes.

### Des sociétaires.

Art. 24. — Pour faire partie de la Société, il faut être présenté par deux membres qui répondent de la moralité du candidat.

Art. 25. — Il faut, en outre, 1° subir un examen devant un jury d'admission, composé du directeur, du sous-directeur et de trois délégués du comité ; 2° faire un noviciat de ..... ; 3° payer le droit d'entrée et les cotisations hebdomadaires ; 4° adhérer au présent règlement, par une signature apposée sur un registre destiné à cet usage.

Art. 26. — En entrant dans la Société, chaque membre s'engage à remplir ponctuellement ses devoirs, ainsi que ses obligations pécuniaires, jusqu'au jour où il aura donné sa démission par écrit.

Art. 27. — Tout sociétaire qui, sans congé, s'absente pendant un mois, est réputé démissionnaire.

Art. 28. — Les sociétaires réputés démissionnaires ne peuvent se représenter pour faire partie de la Société qu'autant qu'ils acquittent le montant de leurs cotisations arriérées. Ils doivent payer un second droit d'entrée.

Art. 29. — Ne pourront rentrer dans la Société les membres qui auraient été rayés deux fois.

### Peines disciplinaires.

Art. 30. — Les peines disciplinaires sont : l'amende, la réprimande, la radiation.

Art. 31. — L'amende, fixée à ....., peut être prononcée par le directeur dans les cas d'infraction au présent règlement.

Art. 32. — La réprimande est infligée par le comité dans les cas de récidives.

Art. 33. — La radiation provisoire ou définitive est prononcée, pour les infractions trop fréquentes ou pour les fautes graves, par la Société entière en assemblée générale extraordinaire et à la majorité, suivant les formes de l'art. 11.

Art. 34. — La révocation des fonctions de membre du comité peut être décidée de la même manière.

### Révision du règlement.

Art. 35. — Le règlement de la Société ne peut être révisé

qu'à la majorité absolue dans l'assemblée générale annuelle ou dans une assemblée générale extraordinaire, si la révision est demandée avant la fin de l'année par les deux tiers des sociétaires inscrits.

Art. 36. — Dans le cas où la Société viendrait à se dissoudre, le titre, les insignes et l'avoir social de la Société appartiennent à la majorité des fondateurs, ou à la majorité des sociétaires, s'il n'existe plus alors de membres fondateurs.

Art. 37. — Le présent règlement reste affiché dans le local de la Société.

*Suivent les signatures.*

Quelques articles supplémentaires peuvent être ajoutés à ce règlement.

On peut décider, par exemple, la création d'une caisse de secours pour les sociétaires qui mériteraient d'être soutenus par leurs camarades.

On peut encore faire accepter le titre de membre d'honneur à des notabilités artistiques, à des sommités administratives. Le nom, la position des membres d'honneur, augmentent l'influence et les moyens d'action de la Société.

Il est des sociétés chorales où l'administration est complétement séparée de la direction musicale. Dans le système que nous venons d'exposer, le directeur de musique est lié à toutes les décisions importantes de la Société, puisqu'il préside le comité de droit; mais il n'est pas forcé de se charger de la solution de mille détails qui finiraient par absorber tout le temps qu'il doit consacrer plus utilement aux progrès de la réunion chorale. Il doit réserver surtout son autorité pour conduire la Société à son but rapidement et sûrement, sans trop se compromettre dans les tiraillements mesquins qui résultent parfois des discussions d'un intérêt secondaire.

Le choix d'un directeur a une grande influence sur les destinées d'une société chorale.

Un bon directeur est une chose rare. Pour bien diriger une société chorale, il ne suffit pas de posséder des connaissances musicales complètes, un sentiment artistique supérieur ; il faut avoir foi dans l'idée qu'on propage, il faut espérer dans l'avenir de ses élèves, il faut enfin avoir reçu le don du commandement, ce don exceptionnel qui établit soudainement une communication magnétique entre un chef et ses hommes, qui fait que les intentions de celui qui dirige sont comprises aussitôt que conçues, qui inspire, à celui qui commande, la confiance ; à ceux qui obéissent, la bonne volonté.

La bonne volonté ! voilà le premier devoir des sociétaires ; car les membres d'une société chorale ont des devoirs à remplir envers leur chef, envers leurs collègues, envers eux-mêmes. A leur chef, ils doivent une intelligente obéissance ; à leurs collègues, l'aide d'une camaraderie dévouée ; à eux-mêmes, le respect de l'œuvre à laquelle ils concourent. Il est donc nécessaire qu'ils aient le sentiment de l'amélioration qu'ils accomplissent. Cette satisfaction de leur conscience les soutiendra jusqu'au bout de leur tâche.

Un autre moyen puissant s'offre encore pour entretenir l'ardeur des études dans une société : c'est l'*émulation* ; la perspective d'une lutte, d'un concours.

Mais l'émulation est une arme aussi dangereuse qu'active ; car l'émulation, c'est la passion ; la passion, qui double l'énergie de la vie dans tous les instincts bons ou mauvais.

Il faut se servir de ce dernier stimulant avec prudence et de manière à prévenir ses excès ou la réaction qu'il peut entraîner.

# IV

Le mécanisme de son organisation matérielle établi, la société chorale fonctionne régulièrement, et peut se livrer à des études fructueuses. La première chose à faire pour commencer ces études est de s'assurer d'une bonne salle de répétitions.

Cette salle doit être assez vaste pour que tous les membres de la société puissent y circuler librement; elle ne doit pas répercuter les sons; elle ne doit être ni trop sourde ni trop sonore.

Dans une salle trop sourde, les sons paraissent étouffés, les chanteurs forcent leurs voix, se fatiguent promptement et compromettent la justesse de leur organe.

Les salles trop sonores ont d'autres inconvénients : toutes les voix y paraissent belles et fortes; mais, quand les orphéonistes, habitués à une résonnance brillante, sortent de leur répétition pour chanter en public dans un endroit moins favorable, ils se trouvent désappointés en voyant le peu d'effet qu'ils produisent; dès les premières mesures, le découragement s'empare d'eux et les paralyse d'avance; de plus, dans un milieu très-sonore, les sons se mêlent confusément, les fautes des choristes sont moins faciles à saisir et à corriger. Il est aisé, du reste, d'assourdir une salle en y faisant poser des tentures, des rideaux, des draperies.

Comme il faut que tous les chanteurs aperçoivent distinctement tous les mouvements du directeur et qu'ils soient vus eux-mêmes par ce dernier, il est nécessaire de faire construire une estrade en bois d'un mètre carré environ. Cette estrade, à laquelle est fixé un pupitre, s'adosse au mur de la salle d'étude, qu'elle partage par le milieu. Le directeur monte sur l'estrade; sur le pupitre il pose son diapason, sa baguette et le chœur qu'il fait répéter.

La hauteur du gradin sur lequel le directeur domine sera proportionnée au nombre des exécutants et à la grandeur du local dans lequel ils sont réunis. Si une vingtaine d'orphéonistes seulement travaillent dans une chambre de dimensions moyennes, ce gradin ne sera élevé de terre que de quelques centimètres. Si des orphéonistes nombreux remplissent une vaste salle, il pourra avoir un mètre et plus de hauteur.

De chaque côté et en face de l'estrade, les orphéonistes seront groupés par *parties*, selon leur genre de voix.

## V

Les voix humaines se divisent en deux classes :

Les voix aiguës,
Les voix graves.

Les voix aiguës se subdivisent elles-mêmes, de l'aigu au grave, en voix de :

*Soprano,*
*Mezzo soprano,*
*Contralto.*

Les femmes, les enfants, les castrats, possèdent les trois genres de voix que nous venons d'énumérer ; mais l'effet qu'ils produisent en chantant la même note est bien différent. Les enfants ont la voix plus claire, les femmes l'ont plus ronde ; un jeune garçon contralto produit des sons plus fermes, plus métalliques, plus stridents qu'un contralto du même âge, mais du sexe féminin.

Nous ne nous étendrons pas davantage sur les voix aiguës, puisque nous devons ici nous occuper spécialement du chant choral des hommes.

Les voix graves se subdivisent, de l'aigu au grave, en voix de :

*Haute-contre,*
*Ténor,*
*Ténor grave,*
*Baryton,*
*Basse chantante,*
*Basse profonde,*
*Contre-basse.*

Les voix de *hautes-contre*, fréquemment employées par les anciens maîtres, sont devenues tellement rares, que nous ne les mentionnons ici que pour mémoire.

Les *hautes-contre* chantaient sur la même clef que les *contralti* (clef d'*ut*, 3ᵉ ligne) et avaient à peu près la même étendue, une octave et une quinte. Elles allaient du *sol*, situé au-dessous de notre portée armée de la clef de *sol*, jusqu'au *ré* de la quatrième ligne de cette portée. Gluck avait écrit le rôle d'Orphée pour une *haute-contre*. Le caractère de cette sorte de voix est clair, pénétrant; les *sol la si* d'en haut sont émis avec une grande facilité, et leur timbre étrange domine sans efforts au milieu d'une masse assez considérable de voix et d'instruments.

Dans une société chorale, une *haute-contre*, si on la rencontrait, serait utilement employée à rendre en *solo* certains chants très-élevés que les ténors ordinaires ne peuvent traduire sans fatigue.

Les *ténors* élevés ne sont pas non plus très-communs; ils parcourent une octave et une quinte, du *ré* au *la*. On écrivait pour eux, autrefois, sur la clef d'*ut*, quatrième ligne; aujourd'hui, ils chantent sur la clef de *sol* comme les *soprani*, mais ils exécutent naturellement leur partie une octave plus bas qu'elle n'est écrite. A partir du *la* et même du *sol* d'en haut, ils ont la faculté de rétrécir le haut de l'appareil vocal et de produire une nouvelle série de sons ayant quelque analogie avec la voix des femmes.

Ce qui leur constitue deux *registres*: le premier appelé registre de *poitrine* du *ré* au *sol* ou au *la*, une octave et une quinte; le second nommé registre de *fausset*, ou, improprement, *voix de tête*, du *sol* ou du *la* à l'*ut* suivant ou même plus haut encore. Quelques ténors ont la voix de fausset assez étendue pour aller jusqu'au *sol* situé au-dessus de la portée armée de la clef de *sol*; ils parcourent alors avec leurs deux registres deux octaves et une quarte. Nous n'avons pas besoin d'ajouter que ce sont là de rares exceptions.

Les ténors peuvent encore se créer une voix factice qui n'est ni la voix de *poitrine* ni la voix de *fausset*, mais qui participe de l'une et de l'autre; c'est la *voix mixte*. Nous reviendrons plus tard sur ces trois registres de la voix des ténors en parlant du *travail des voix*.

Ce sont surtout les contrées méridionales de l'Europe qui produisent les voix de ténors élevés.

Les ténors graves ou seconds ténors ont la voix moins étendue que les premiers; ils ne montent guère qu'au *fa* ou au *sol*; mais leur organe, à cela près qu'il est plus limité, garde le même caractère. Ils possèdent les deux registres de *poitrine* et de *fausset* et le registre supplémentaire de la *voix mixte*.

Les *barytons* chantent sur la clef de *fa*, quatrième ligne; leur voix s'étend du *si bémol* placé sur la seconde ligne de la portée (clef de *fa*), jusqu'au *mi bémol* ou au *fa* au-dessus des lignes de la même portée; les *barytons* ont aussi une *voix mixte* et un registre de *fausset* qui va jusqu'au *si bémol* situé sur la troisième ligne de la clef de *sol*; ce qui fait deux octaves. Mais le fausset des *barytons* n'est guère employé que dans les solos.

Les *basses chantantes* ont la voix moins forte et plus souple que les basses profondes. Elles peuvent difficilement se servir du registre de *fausset*. C'est en cela qu'elles diffèrent des *barytons*. Elles chantent sur la clef de *fa*, et vont du *la bémol* situé entre la première et la seconde ligne de la portée jusqu'au *mi bémol* au-dessus des lignes.

Les *basses profondes* descendent jusqu'au *fa* situé au-dessous de la portée de la clef de *fa* et montent jusqu'au *ré* au-dessus des lignes. Quelques *basses profondes* descendent même au *mi bémol*, au *ré*, à l'*ut* situé au-dessous de la portée (ce sont encore des exceptions); mais il suffit qu'une seule *basse profonde* puisse donner le *mi bémol* grave dans une société chorale pour que cette note soit parfaitement entendue lorsque les autres basses du chœur chantent le *mi bémol* de

l'octave supérieure. Les vibrations de ces deux *mi bémol* con-
cordent ensemble, se prêtent un mutuel relief, et produisent
un son grave d'une plénitude et d'une rondeur saisissantes.

Les *basses-contre*, nommées en Allemagne *Judenbass*, ou
*basses de Juif*, n'existent que dans les régions septentriona-
les de l'Europe. On les trouve en Allemagne, et surtout en
Russie. Le chœur de la chapelle impériale de Saint-Péters-
bourg a une superbe partie de *contre-basse* qui produit dans
les chorals un effet religieux et grandiose. La nature de ces
voix est telle, qu'elle permet d'exécuter la partie de basse
d'un chœur en octaves. Les *basses-contre* peuvent descendre
jusqu'au *sol grave* ou *contre-sol* au-dessous des lignes de la
portée (clef de *fa*). En revanche, elle ne peuvent monter autant que nos *basses profondes*.

Toutes ces voix, *hautes-contre*, *ténors*, *barytons*, *basses*,
*contre-basses*, diffèrent les unes des autres non-seulement
par l'étendue et la position de la gamme qu'elles parcourent, mais encore par leur *timbre*.

Le *timbre*, c'est la résonnance particulière de chaque
voix; c'est cette qualité du son vocal qui rend celui-ci clair
ou voilé, grêle ou nourri, plat ou vibrant. Le *timbre*, en un
mot, c'est la couleur de la voix.

Le timbre des *ténors* est plus clair, plus mince en général
que celui des *basses*.

Le timbre des *basses* est plus rude, plus *gros* que celui des
*ténors*.

Certains *barytons* montent aussi haut que les seconds ténors dont la voix est courte et limitée; ils s'en distinguent
cependant par leur *timbre* plus puissant.

C'est aux directeurs de sociétés chorales à reconnaître,
avant de distribuer les parties, la nature des voix qui leur
sont confiées. Pour cela, ils doivent étudier l'*étendue* et le
*timbre* de chaque voix. Nous allons voir qu'il est nécessaire
aussi de tenir compte de leur volume et de leur force.

# VI

Bien que les voix d'hommes soient divisées en sept espèces distinctes, il y en a quatre principales que l'on rencontre plus généralement. Ce sont les voix de *ténors, ténors graves, barytons* et *basses.* La plupart des chœurs sont écrits pour ces quatre voix.

Une société chorale se fractionnera donc en quatre *parties :*

> Partie de *premiers ténors,*
>     de *seconds ténors,*
> — de *premières basses* ou *barytons,*
> — de *secondes basses.*

Mais le classement des voix ne s'arrêtera pas là, et chaque partie elle-même subira une nouvelle division.

Les *premiers ténors* seront partagés en deux séries : dans la première série seront compris ceux que leur voix sonore et puissante a fait nommer *ténors de force ;* dans la seconde série entreront les *ténors légers,* dont la voix plus faible et plus souple rend avec plus de facilité les sons aigus du *fausset* et les vocalises rapides.

Les *seconds ténors* seront aussi divisés en seconds ténors de *force* et en seconds ténors *légers.*

Les *barytons* ou *premières basses* seront divisés en barytons *hauts* et en barytons *graves ;* c'est-à-dire qu'on placera ensemble les barytons dont la voix monte sans efforts, et qu'on réunira aussi les barytons dont les sons graves ont de la force et de la sonorité.

De même les *secondes basses* seront partagées en *basses chantantes* et *basses profondes.*

Chaque partie étant ainsi divisée, lorsque des doubles notes se présenteront dans un chœur sur les portées que lisent les premiers et les seconds ténors, les notes les plus hautes seront faites par les ténors de force, et les notes les plus graves par les ténors légers. (Ceci n'aura lieu pour les ténors que dans les passages marqués *forte* et en voix de poitrine. Dans les *pianissimo* et les passages de tête, les ténors légers feront au contraire les notes élevées, et les ténors de force, dont le fausset est moins souple, feront les secondes notes.)

Quand des notes doubles se rencontreront dans la partie des premières basses ou dans celle des secondes basses, les barytons hauts et les basses chantantes diront toujours les notes hautes, et les barytons bas ou les basses profondes chanteront les notes graves.

Chaque partie et chaque division de partie sera guidée par un *chef d'attaque.*

Ainsi on aura deux chefs d'attaque pour les premiers ténors (un pour les premiers ténors de force, un pour les premiers ténors légers) ; deux chefs d'attaque pour les seconds ténors ; deux pour les barytons ; deux pour les basses. Les chefs d'attaque doivent être bons lecteurs et musiciens solides ; il n'est pas nécessaire qu'ils aient une belle voix.

Les solo des chœurs seront confiés à des chanteurs solistes.

Une société bien montée doit posséder quatre solistes (un premier ténor, un second ténor, un baryton, une basse). Mais il est urgent d'avoir en même temps quatre seconds solistes capables de remplacer les premiers au besoin. Sans cela certaines exécutions pourraient être rendues momentanément impossibles par l'indisposition ou le caprice d'un chanteur qui se sentirait indispensable.

Les quatre solistes et leurs suppléants formeront dans la société un simple ou un double quatuor dont l'utilité sera souvent appréciée.

3.

Maintenant suivant quelles proportions les choristes seront-ils répartis dans les parties hautes ou graves? Les ténors doivent-ils être plus nombreux que les basses, ou doit-on admettre plus de basses que de ténors? Nous ne pouvons le dire d'une manière absolue. Si les voix humaines avaient toutes le même volume, comme les instruments, les violons, les flûtes, les hautbois, on pourrait régler leur nombre à l'avance, comme cela se fait dans la composition des orchestres. Mais il n'en est pas ainsi. Toutes les voix diffèrent entre elles de volume autant que d'étendue. Telle voix est sourde, telle autre est éclatante, celle-ci est à peine suffisante dans un salon, cette autre remplit un grand théâtre. Nous avons vu, au concours de Villeneuve-sur-Yonne, une société chorale de trente-huit membres remporter le premier prix de la première division avec trois *secondes basses* seulement. Hâtons-nous d'ajouter cependant qu'une petite réunion de voix, quelque fortes qu'on les suppose, ne peut produire un son plein, rond, nourri, comme celui qu'on obtient avec une grande masse de chanteurs. Des deux côtés le son peut être aussi intense, mais le timbre est différent.

Or, la voix multiple d'une société chorale devant être composée d'éléments homogènes, les quatre parties qui constituent l'ensemble seront formées d'un nombre de voix à peu près égal. Chacune de ces parties, prise isolément, devra avoir la même plénitude et la même puissance.

Deux observations encore. Si l'on veut renforcer une des parties, que ce soit plutôt celle des *secondes basses*, qui soutient l'harmonie du chœur; il ne faut pas non plus laisser de vides dans les cadres de la partie de *premiers ténors*, car ceux-ci sont chargés ordinairement de rendre la mélodie principale, et leur organe sans cesse tendu sur les cordes hautes se fatigue promptement.

# VII

Les quatre parties d'un chœur peuvent être groupées en cercle, en demi-cercle, sur un ou plusieurs rangs horizontaux.

La disposition circulaire convient à des orphéonistes qui chantent en plein air et qui ne désirent pas que leurs voix portent dans une direction plutôt que dans une autre. C'est la disposition employée par les orchestres d'harmonie militaire pendant les *repos*. Elle a l'avantage de rapprocher tous les chanteurs les uns des autres, de sorte qu'ils s'entendent tous parfaitement.

La disposition des parties en demi-cercle est la plus usitée en France et en Belgique. Il y a plusieurs manières de l'employer. On place (sur un ou plusieurs rangs) les premiers ténors et les secondes basses aux deux ailes du croissant, les seconds ténors et les barytons au centre; ou bien les seconds ténors et les secondes basses au centre, et les premiers ténors et les barytons aux ailes. Nous préférons la première manière, qui fait ressortir les parties extrêmes.

Des chanteurs réunis en petit nombre trouveront un grand avantage à se placer sur une seule ligne horizontale, pourvu qu'ils aient tous de belles voix et qu'ils soient sûrs d'eux-mêmes. Leurs chants arriveront à l'oreille dans toute leur force et leur netteté, parce qu'ils suivront la ligne droite, et pas une onde sonore ne s'infléchira dans cette route directe [1].

[1] Nous avons entendu douze chanteurs hongrois qui produisaient beaucoup d'effet ; ils se plaçaient sur une ligne horizontale.

Une société nombreuse peut encore se placer sur plusieurs rangs horizontaux : les premiers ténors en avant, les seconds ténors sur le second rang, les barytons sur le troisième, sur le quatrième les basses. L'Union chorale de Cologne a adopté cette manière de grouper les parties ; mais cette société célèbre fait élever le fond de l'estrade sur laquelle elle se fait entendre, de manière à ce que les derniers rangs se trouvent étagés au-dessus des premiers. Sans cette précaution, les voix des basses seraient interceptées et étouffées par la foule compacte des ténors placés devant elles.

Lorsque les solistes ont un passage à dire, seuls ou accompagnés par le chœur, ils viennent un peu en avant de la masse chorale.

Le directeur d'une société chorale se place au front de sa société et regarde les exécutants. Quelques directeurs préfèrent rester à un angle du chœur et ne faire qu'une demi-conversion du côté des chanteurs pour ne pas tourner le dos au public. C'est peut-être plus respectueux pour l'auditoire, mais à coup sûr c'est moins commode pour conduire.

Dans la salle des répétitions, le chef de société fera placer les premiers ténors à sa droite, les seconds ténors, puis les barytons en face de lui, et les basses à sa gauche. Les quatre parties doivent être séparées par des couloirs ; la circulation est ainsi maintenue libre, et les fautes de chaque partie isolée sont rendues plus sensibles.

Il faut conserver aux orphéonistes les mêmes places pour les répétitions et pour les exécutions. Lorsqu'ils savent d'avance quels sont leurs voisins de droite et de gauche, ils forment leurs rangs avec plus d'ordre et de rapidité ; ils chantent aussi avec plus d'assurance.

Ce qu'on exige avant tout d'une société chorale, c'est qu'elle chante *juste* et *en mesure*. La pureté des sons, le fini des nuances, la vérité de l'expression, sont des qualités précieuses qu'on ne peut demander à de jeunes orphéons et qui ne sauraient exister si les deux premières conditions n'étaient pas remplies. C'est pourquoi nous parlerons d'abord de l'*intonation* et du *rhythme*, et ensuite du *travail des voix*, des *nuances*, du *style* et de l'*expression*.

# VIII

Lorsqu'une intonation difficile se présente, il faut d'abord faire comprendre aux chanteurs l'accord auquel appartient la note dont l'attaque est défectueuse, en faisant entendre cet accord, la préparation qui le précède et la résolution qui le suit.

Un exemple expliquera mieux notre pensée.

Supposons que des barytons aient à chanter successivement les notes *la bémol, fa dièse* et *sol.*

*La bémol* sur l'accord parfait *la bémol, ut, mi bémol;* préparation.

*Fa dièse,* sur le même accord *la bémol, ut, mi bémol;* dissonance.

*Sol,* sur l'accord *sol, ut, mi naturel;* résolution.

Le *fa dièse* semble difficile à prendre après un *la bémol;* mais, quand on a entendu et retenu la résolution *sol, ut, mi naturel,* on attaque avec plus sûreté le *fa dièse* en songeant au *sol* qui va le suivre.

C'est ainsi que dans le chant de la gamme mineure ascendante *la, si, do, ré, mi, fa, sol dièse, la,* la voix franchit aisément l'intervalle difficile de *seconde augmentée* (*fa sol dièse*) parce que le *la* qui suit le *sol dièse* est déjà fixé dans l'oreille; et, sans qu'on s'en rende compte, on mesure plutôt le *sol dièse* d'après le *la* qui suit que d'après le *fa* qui précède.

Cette manière de rectifier l'intonation par le sentiment de l'harmonie ne nécessite pas absolument l'emploi d'un piano ou d'un orgue. Quatre voix exercées peuvent faire entendre les accords qu'on veut graver dans la mémoire des chanteurs.

Un second moyen fort ennuyeux, mais certain, de corriger les intonations douteuses, c'est de multiplier les *répétitions partielles*.

On assigne à chaque partie un jour par semaine, de sorte que les premiers, les seconds ténors, les barytons, les basses, se réunissent séparément.

Dans ces répétitions partielles on fait dire les passages scabreux à chaque homme individuellement. Ensuite on fait répéter le même passage à deux orphéonistes, puis à trois, puis à quatre, à cinq, à six, et ainsi de suite jusqu'à ce que la partie entière se trouve chanter ensemble.

Les chefs d'attaque peuvent soulager le directeur dans ce travail aride.

Les parties de seconds ténors et de barytons sont difficiles entre toutes. Elles doivent être l'objet d'un soin particulier.

Aux répétitions générales, il arrive très-souvent que toutes les parties baissent à la fois, et cela à un tel point, qu'un morceau commencé en *sol* finit quelquefois en *mi bémol*. Le directeur doit remarquer à quels endroits, dans quelles modulations, les voix fléchissent, et faire recommencer impitoyablement les passages où l'on baisse, en consultant sans cesse le diapason, régulateur inflexible de l'intonation.

Quelques directeurs, désespérant de pouvoir maintenir leur société dans le ton, ont recours à un expédient : si un chœur est écrit en *ut*, il le font commencer en *ré*, pour qu'il finisse au moins dans le ton véritable.

Mais la difficulté est tournée, elle n'est pas vaincue.

Les chœurs ont tendance à baisser dans les mouvements lents, dans les nuances *piano*, dans les modulations produites au moyen des bémols,

Lorsque des modulations diésées font naître plusieurs sensibles successives, quand les voix déploient toute leur force il peut arriver au contraire que les chœurs se mettent à monter. Cet écueil est plus rare que le précédent.

Une chose importante est la manière de prendre le ton du morceau qu'on va chanter en public.

Le chef d'un orphéon peu expérimenté ne doit pas craindre de faire entendre d'abord l'accord tonique [1], et de le faire répéter à demi-voix par ses hommes. Il donne ensuite à chaque partie la première note du chœur, et, si l'orphéon n'attaque pas juste, il aura vraiment du malheur.

Le directeur d'une société chorale plus avancée interroge son diapason sans bruit; il envoie doucement la note d'attaque aux chefs de partie, ceux-ci la transmettent *pianissimo* dans chaque groupe, et le chœur commence sans qu'on se soit même aperçu que le ton a été donné.

---

[1] La première note de la gamme du morceau qu'on va chanter aux basses, la tierce aux barytons, la quinte aux ténors, c'est ce qu'on appelle *s'accorder*.

# IX

La précision des mouvements, la stricte observation du temps que doit durer chaque son, l'ensemble parfait, la simultanéité de toutes les voix qui commencent, s'interrompent et reprennent comme une voix unique : voilà les qualités rhythmiques qu'on demande à une société chorale.

Les fautes rhythmiques les plus saillantes sont les attaques prématurées ou *fausses attaques*, et les sons prolongés hors de propos ou *queues*.

Dans la crainte de se signaler par une *fausse attaque*, il arrive à plus d'un orphéoniste d'ouvrir la bouche sans rien dire, ou de marmotter tout bas des sons indécis qui vont se perdre dans l'ensemble en l'alourdissant par un murmure confus.

Il faut dans un chœur, comme dans une ville assiégée, supprimer toutes les bouches inutiles. Que celui qui ne sait pas ne chante pas, et ne vienne pas grossir par sa présence inutile le nombre des exécutants qui se pressent sur l'estrade d'une salle de concert ; car il s'agit, pour la société chorale, d'obtenir le plus de son possible avec le moins de monde.

On abrégera le chemin qui conduit à une exécution correcte en séparant l'étude du rhythme de l'étude de l'intonation, en consacrant une répétition à faire *parler* chaque partie, c'est-à-dire à faire *prononcer en mesure à chaque partie les paroles qu'on lui fera chanter plus tard*. Dans cet exercice, d'une grande importance, il faut observer seulement la durée des notes et des silences, sans tenir compté du nom de ces notes, ni du son qu'elles représentent.

Les élèves concentrant toute leur attention sur une seule difficulté, celle du rhythme, la surmontent aisément, et, une fois maîtres des coupes employées dans le morceau, ils peuvent s'appliquer à chanter juste, sans craindre de manquer la mesure.

La baguette du directeur règle les mouvements rhythmiques, comme le diapason rectifie l'intonation.

Un directeur habile se sert de sa baguette autant qu'il le peut. Quelques coups secs et précipités lui suffisent pour donner le signal du commandement ou de l'interruption du chant, et cela sans paroles, sans avertissements, sans préambules, qui sont pour le directeur une fatigue, et une perte de temps pour tout le monde.

Si la mesure se complique, et qu'il devienne nécessaire de la rappeler aux exécutants indécis, le bruit clair et distinct de la baguette, qui frappe les temps sur le pupitre, suffit encore sans qu'il soit besoin d'avoir recours aux coups de pieds sur l'estrade, aux grands bras, aux contorsions. L'intention, la volonté du chef doit se lire dans ses yeux; le geste n'est qu'un commentaire auquel il ne convient pas de donner une importance exagérée.

Les choristes doivent se garder aussi de battre la mesure avec le pied. D'ailleurs, tout le monde voit le directeur; le directeur bat la mesure, il la bat pour tout le monde.

Les compositeurs indiquent ordinairement le mouvement général de leurs morceaux lents ou vifs par des termes italiens dont les principaux sont : *largo, adagio, andante, allegro, presto*, avec beaucoup d'intermédiaires tels que : *larghetto, moderato, andantino, allegretto, vivace*, etc. Mais ces indications sont bien vagues, et la signification de quelques-uns des termes que nous venons de rappeler n'est pas bien fixée pour tous les musiciens. Ainsi, selon les uns, *andante*, par exemple, indiquant un mouvement plus lent que vif, *più andante* voudrait dire *plus lentement*. Selon d'autres, *andante* étant traduit littéralement par *allant*, *più andante* (plus allant) signifierait *plus vite*.

Pour toutes ces causes, nous croyons qu'il vaut mieux réserver l'emploi des termes italiens pour déterminer le *caractère* des morceaux, et indiquer les *mouvements* par un chiffre du métronome de Maëlzel. Il n'y a pas d'erreur ni de controverse possible avec un chiffre.

Une noire suivie de = 104 signifie qu'il faut porter le guidon de métal sur la tige d'acier à la division 104, et que chaque noire de la mesure qu'on va chanter durera autant qu'une oscillation de la tige du métronome.

Il ne faudrait pas croire que la mesure doive être battue constamment avec le métronome; une pareille interprétation serait monotone et fatiguante au dernier point. Le métronome ne sert qu'à indiquer le mouvement; une fois ce mouvement connu, on le continue librement.

Un métronome est, pour un Orphéon, un objet de première nécessité.

Mais les Orphéons n'ont pas besoin de grever leur budget de l'acquisition de cet utile instrument. Le premier venu peut, en une demi-heure, et pour ainsi dire sans frais, construire un *métronome métrique*, qui remplace fort bien le métronome de Maëlzel et fonctionne même avec plus de régularité [1].

Voici la description de cet instrument si simple :

Sur une planche fixée au mur de la salle des répétitions ou sur le mur lui-même, on trace perpendiculairement (suivant la direction donnée par un fil à plomb) les divisions du mètre, en numérotant les centimètres.

---

[1] P. Galin est, nous le croyons, le premier qui ait songé à employer l'isochronisme des vibrations du pendule pour remplacer le métronome mécanique de Maëlzel.

Au point de départ de ce mètre, on enfonce un piton, et à droite de ce piton un clou.

Sur le clou et dans l'ouverture du piton parallèle glisse un fil de soie, à chaque extrémité duquel on attache une balle de plomb de calibre.

Une de ces balles se balance librement au-dessous du piton, qui maintient le fil éloigné de la planche; les oscillations plus ou moins rapides de cette balle, selon qu'elle est plus ou moins rapprochée du piton, constituent le *métronome métrique*.

L'autre balle sert de contre-poids à la première.

A côté de cet appareil on affiche le tableau suivant, qui rappelle les chiffres gravés sur le métronome de Maëlzel et indique les chiffres correspondants du métronome métrique.

### UNE OSCILLATION POUR UNE.

| MÉTRONOME DE MAELZEL. | MÉTRONOME MÉTRIQUE. |
|---|---|
| | m. c. |
| 208 | 0,08 |
| 200 | 0,08 et 1/2 |
| 192 | 0,09 |
| 184 | 0,10 |
| 176 | 0,11 |
| 168 | 0,12 |
| 160 | 0,13 |
| 152 | 0,14 et 1/2 |
| 144 | 0,16 |
| 138 | 0,17 |
| 132 | 0,18 |
| 126 | 0,20 et 1/2 |
| 120 | 0,23 |
| 116 | 0,24 et 1/2 |
| 112 | 0,26 |
| 108 | 0,29 |

| MÉTRONOME DE MAELZEL. | MÉTRONOME MÉTRIQUE. |
|---|---|
| | m. c. |
| 104. | 0,32 |
| 100. | 0,33 |
| 96. | 0,36 |
| 92. | 0,40 |
| 88. | 0,44 |
| 84. | 0,48 |
| 80. | 0,52 |
| 76. | 0,58 |
| 72. | 0,64 |
| 69. | 0,68 |
| 66. | 0,72 |
| 63. | 0,82 |
| 60. | 0,92 |
| 58. | 0,98 |

DEUX OSCILLATIONS POUR UNE (mouvements lents).

| | |
|---|---|
| 56. | 0,26 |
| 54. | 0,29 |
| 52. | 0,32 |
| 50. | 0,33 |
| 48. | 0,36 |
| 46. | 0,40 |
| 44. | 0,44 |
| 42. | 0,48 |
| 40. | 0,52 |

Lorsqu'en tête d'un morceau on lit MM 160, il faut placer a balle qui oscille sous le piton, de manière que son extrémité inférieure affleure la division de l'échelle métrique marquée du chiffre 0,13 c.; une oscillation du métronome métrique 0,13 dure le même temps qu'une oscillation du métronome de Maëlzel 160.

Si un morceau porte l'indication MM 50, il faut porter la balle de plomb au chiffre 0,33 de l'échelle métrique, et alors deux oscillations du métronome métrique équivaudront à une oscillation du métronome de Maëlzel. En d'autres termes, une oscillation de la balle vaudra un demi-temps de la mesure voulue, et pour avoir la durée du temps entier, il faudra compter deux oscillations au lieu d'une.

On pourrait bien construire le métronome métrique de manière à se passer de cette double oscillation, de manière qu'une oscillation métrique correspondît toujours à une oscillation du métronome de Maëlzel; mais l'instrument aurait alors une longueur embarrassante. Voici du reste un autre tableau qui donne les rapports du métronome de Maëlzel avec le métronome métrique, oscillation pour oscillation.

| MÉTRONOME DE MAELZEL. | MÉTRONOME MÉTRIQUE. |
|---|---|
| | m. c. |
| 56 | 1,04 |
| 54 | 1,16 |
| 52 | 1,28 |
| 50 | 1,32 |
| 48 | 1,44 |
| 46 | 1,60 |
| 44 | 1,76 |
| 42 | 1,92 |
| 40 | 2,08 |

# X

Les orphéonistes qui n'exécutent que des morceaux d'ensemble où les difficultés du chant sont naturellement ménagées, les membres des sociétés chorales qui ne font de la musique qu'à leurs moments de loisir, ne peuvent arriver à une perfection vocale, qui d'ailleurs leur serait inutile la plupart du temps.

S'ils négligent avec raison l'étude des gammes rapides, des trilles, des points d'orgue, ces brillants ornements de la science du chanteur de profession, au moins doivent-ils s'appliquer à n'émettre que des sons purs, égaux dans toute l'étendue de leur organe, et d'un timbre harmonieux.

Quelques exercices spéciaux leur sont nécessaires pour cela. Les quelques minutes qu'ils dépenseront à vocaliser à chaque répétition avant de commencer leurs travaux se trouveront largement compensées par la facilité et la promptitude avec laquelle ils avanceront, lorsqu'il s'agira de rendre les nuances d'un chœur.

Trois préceptes dominent toute l'étude du chant :

Respirer librement ;

Ne pas chanter trop longtemps ;

Ne pas forcer les limites naturelles de la voix.

Ces préceptes, on le voit, peuvent se réduire à un seul : éviter la fatigue, car la fatigue détruit la voix, tandis qu'un travail modéré et régulier finit par rendre agréables les voix les moins heureuses.

Les exercices à l'aide desquels on assouplit les voix sont

peu nombreux, mais il faut les faire souvent et arriver à les bien faire [1].

On commencera par donner des sons *tenus*, c'est-à-dire égaux pendant toute leur durée.

On prend un son *forte*, on le continue *forte* et on le termine *forte*. On reprend ce même son *mezzo forte*, on le continue et on le termine *mezzo forte*. On fait la même chose dans la nuance *piano*. L'attaque des sons tenus doit être nette, juste et dans la nuance voulue pour tout le son, soit *piano*, soit *forte*. La fin des sons tenus doit être coupée franchement, mais sans coup de gosier.

Ensuite on *filera* des sons.

On commence un son *piano*, on le conduit au *forte* par un *crescendo* soutenu, et on le ramène au *piano*. Il ne faut pas laisser monter la voix dans le *crescendo*; il faut la maintenir aussi au niveau du ton dans le *diminuendo*, car alors elle a tendance à baisser.

Ces deux exercices, le second surtout, sont excellents pour poser les voix, enlever le voile qui les recouvre, caractériser leur timbre et leur donner enfin cette élasticité vibrante qui semble faire onduler les sons. Des chanteurs de peu de goût ont prétendu imiter le *vibrato* qui résulte de la pose naturelle d'un organe sonore, en faisant trembler et chevroter leur voix. C'est un exemple à ne pas suivre.

Pour égaliser les notes hautes et graves et les lier avec celles du médium, on fera des *arpéges; crescendo* en montant, *diminuendo* en descendant; une fois *forte*, une fois *piano*.

On pourra accorder encore quelque temps à l'étude moins indispensable des sons *martelés*, c'est à-dire marqués chacun

---

[1] Voir, pour la pratique de ce qui va suivre, nos *Exercices de chant choral pour les Orphéons et les sociétés chorales*. Chez Chabal, boulevard Montmartre, 11.

par un coup de gosier dans la même émission de voix, et à
la pratique des notes *piquées* (détachées entièrement les unes
des autres par une interruption du son).

Tous ces exercices seront faits par les ténors, les barytons
et les basses, dans les limites de leurs voix respectives.

Ils vocaliseront, sans nommer les notes, en prononçant la
voyelle *a*, ou la voyelle *o*. Ils pourront s'exercer aussi à vocaliser sur les autres voyelles *e*, *i*, *u*, sur les phoniques
sourdes *eu*, *ou*, et les nazales *an*, *in*, *on*, *un*.

Lorsqu'on vocalise en chœur (les basses filant le son *ut*
par exemple, les barytons *mi*, les seconds ténors *sol*, et les
premiers *si bémol*), il vaut mieux vocaliser sur la voyelle *o*
que sur la voyelle *a*.

*A* est trop éclatant. Les voix qui prononcent l'*a* conser-
vent trop leur individualité, elles ne se fondent pas entre
elles. *O*, très-sonore aussi, mais moins clair que *a*, rapproche mieux tous les timbres et produit un ensemble plus homogène. Les voix appelées *blanches* donnent le son de l'*a*;
les voix dites *sombrées*, celui de l'*o*.

Dans les chœurs il ne faut employer que la voix *sombrée*.

Nous recommanderons encore aux *basses* de ne pas chercher à exagérer le volume de leur voix en la dénaturant, en
faisant ce qu'on appelle la grosse voix, en poussant des cris
saccadés, ou en cuivrant les sons d'une façon éclatante. Ce
qu'il leur faut chercher, c'est la plénitude, la rondeur, le
moelleux.

Aux *ténors*, nous dirons qu'ils ont à faire des exercices
particuliers pour unir les registres de leur organe, pour lier
leur voix de poitrine à leur voix de tête, pour se créer dans
les notes élevées une voix artificielle, la *voix mixte*, qui,
par son timbre, se rapproche de la voix de tête, et, par sa
puissance, de la voix de poitrine.

Il est assez difficile, dans les sons aigus, de passer de la
voix de tête à la voix de poitrine, et réciproquement, sans

faire une espèce de hoquet, une sorte de sanglot, qui marque la transition d'un registre à l'autre. Le travail seul peut aplanir cette difficulté. Il faut d'abord s'exercer à passer, par un *crescendo*, de la voix de tête à la voix de poitrine sur un même son, en masquant la transition, et de la voix de poitrine à la voix de tête par un *decrescendo*. Puis on cherche à lier une note grave de poitrine à une note élevée de tête, et une note haute de tête à une note plus grave de poitrine.

Nous passerons sous silence les exercices de légèreté, car, pour une société chorale, exécuter des vocalises rapides, ce serait faire un tour de force, et il y a assez à travailler sans aller jusque-là.

# XI.

Des exécutions négligées ont accrédité ce préjugé, que les
paroles chantées par un chœur ne pouvaient pas être enten-
dues. Il nous est prouvé cependant que, si vingt ténors chantent les mêmes paroles parfaitement en mesure et en articu-
lant de la même manière, tout ce qu'ils diront sera saisi
comme si un seul récitant était chargé de chanter leur partie.

Seulement, il faut bien *prononcer*. Donnez une articulation précise et énergique : pas de consonnes douteuses, pas de
syllabes murmurées entre les dents; faites sonner les *t*, les
*d*, les *p*, les *f*, en dehors; les *c*, les *s*, les *z* sans siffler, et on
vous entendra.

Les *e* muets sont un des écueils de la prononciation de
notre langue française. Trop marqués, ils donnent à la pa-
role de la lourdeur, de la trivialité. Entièrement élidés, ils
dénaturent les mots, et cela encore aux dépens de l'élégance.
Il faut donc prononcer les *e* muets légèrement et glisser sur
eux, à moins que le chant écrit ne manifeste une intention
directement contraire. Dans ce dernier cas, la faute n'est
pas à l'Orphéon; elle vient du compositeur, qui a sacrifié les
règles de la prosodie au développement de sa pensée musicale.

# XII

Lorsqu'un chœur est *déchiffré*, quand chaque partie est maîtresse des intonations et des combinaisons rhythmiques d'un morceau, on peut essayer les *nuances*.

Si ces nuances sont indiquées sur la partition d'une manière inexacte ou incomplète, le savoir, le *goût* du directeur de la société chorale, suppléeront à ces lacunes.

Si, au contraire, les nuances sont marquées avec soin et trahissent des intentions arrêtées de la part du compositeur, il faut les observer scrupuleusement.

Et par là nous entendons non-seulement la bonne exécution d'un *piano* après un *forte*, effet devenu presque banal tant il est certain, tant il est facile à obtenir, mais encore l'application exacte de toutes les délicatesses de transition qui séparent les points extrêmes d'où part et où arrive l'intensité d'un son.

Le *pianissimo*, un souffle à peine.

Le *piano*, un son faible, mais soutenu.

Le *mezzo-piano* ou *mezza-voce*, un peu plus intense que le *piano*.

Le *mezzo-forte*, plus fort que le *mezzo-piano*.

*Presque fort*, plus rapproché du *forte*.

Le *forte*, à pleine voix, sans efforts.

Le *fortissimo*, très-fort, en *poussant* le son.

Le *pianissimo* lui-même est un murmure plus ou moins accentué, selon qu'il est indiqué par deux ou trois *P*.

Le *fortissimo*, indiqué par deux ou plusieurs *F*, est toujours le *fortissimo*, et, quel que soit le luxe de consonnes déployé par le compositeur, il faut se garder de forcer le volume des voix pour arriver aux cris.

Le *crescendo* est la succession fondue des nuances précédentes. Rapide ou ménagé pendant un certain nombre de mesures, il demande beaucoup d'étude et de soin.

Le *crescendo* passager et rapide (*sforzando*) veut être fait avec spontanéité et sans rudesse. L'ensemble le plus parfait est indispensable pour qu'il soit bien réussi.

Quand au *crescendo* qui se prolonge un certain temps, on peut, dans une société chorale nombreuse, tenir en réserve un groupe de voix qui n'attaque que lorsque le *crescendo*, parvenu à son apogée, éclate dans un *fortissimo* énergique. Une puissance d'exécution nouvelle vient ainsi couronner la sonorité toujours croissante et donner à l'œuvre chorale un brillant inattendu.

Mais ce serait mal comprendre l'effet du *piano* choral que de vouloir appliquer au *decrescendo* le procédé inverse, en imposant successivement le *tacet* à une partie de l'Orphéon pour arriver à un *pianissimo* plus complet. On n'obtiendrait alors qu'un son maigre, sec et plat, tandis que les *pianissimo* rendus par toutes les voix d'un chœur sont pleins et larges jusque dans les *brummstimmen* les plus affaiblis; le timbre des voix qui demeurent unies change de nature et produit une impression singulière.

Notons un cas pourtant où le *decrescendo* gagne à être fait d'une autre manière :

C'est lorsqu'un chant est destiné à surnager dans un *diminuendo* général sur un fond d'harmonies éteintes.

La partie chargée du chant commence avec toutes ses voix; peu à peu quelques exécutants se taisent et abandonnent la mélodie aux solistes; ceux-ci s'arrêtent à leur tour pour laisser entendre un seul coryphée qui termine la phrase, tandis que les parties d'accompagnement, toujours au complet, assourdissent ensemble leurs voix dans un harmonieux murmure

Le contraste des timbres si différents de cette voix qui finit par mourir seule et de ces notes qui se confondent dans le *pianissimo* en prenant un tout autre caractère détache heureusement une mélodie des accords qui l'accompagnent.

L'étude préliminaire des *sons tenus* et des *sons filés* rend plus facile et plus parfaite l'exécution des nuances du son.

Les nuances du rhythme, qui consistent à faire ralentir ou presser les mouvements, ne sont pas moins importantes que les nuances phoniques.

Lorsque ces nuances ne sont pas écrites, ou lorsque leur valeur n'est pas précisée par les chiffres du métronome, le *goût* est encore la seule règle qui puisse être consultée pour déterminer le degré de vitesse ou de lenteur que doivent atteindre les *stringendo* ou les *rallentando*.

Il est à remarquer que, souvent, le *crescendo* se fait en *pressant* le mouvement, et que le *rallentando* se trouve joint à la nuance *diminuendo*.

Ceci n'est qu'une simple remarque dont on aurait tort de tirer des conclusions pour créer des nuances. Il y a même beaucoup de morceaux où le *fortissimo* et le *rallentando* se trouvent réunis; à la fin d'un thème d'une sonorité brillante, par exemple, il peut être bon d'*élargir* le mouvement en augmentant encore la force du son.

Toutes les nuances que nous venons d'énumérer sommairement sont indiquées aux orphéonistes par la baguette qui presse ou ralentit la mesure, qui étend ou restreint le cercle de ses évolutions, pour rappeler à leur attention les *crescendo* ou les *diminuendo*.

La main gauche, que le chef lève ou abaisse pendant qu'il bat la mesure de sa main droite, sert également à marquer les *forte* ou les *piano*.

Un directeur habile met à profit la division des parties

établies dans la société (§ VI) pour donner plus de fini à l'exécution de certaines nuances.

Veut-il produire un *piano* qui succède à un *forte* sans transition et en variant le timbre général du chœur, il confie l'exécution de ce *piano* à un simple ou à un double quatuor, qui ne commence à chanter que lorsque le chœur a terminé son *forte*.

S'il veut que le *piano* succède immédiatement au *forte*, sans solution de continuité, sans vides, il fera chanter le quatuor avec le chœur quelques mesures avant l'attaque particulière du quatuor. Le chœur *forte* se taisant subitement, les solistes continueront *piano*, et leur entrée, préparée de cette manière, rendra impossible les attaques défectueuses et frappera l'oreille par sa merveilleuse précision.

Les doubles chœurs, s'ils ont un caractère différent, seront distribués, le plus orné, le plus chantant, aux 1ers et 2es *ténors légers*, aux *barytons hauts*, aux *basses chantantes*; le plus sonore, aux 1ers et 2mes *ténors de force*, aux *barytons graves*, aux *basses profondes*.

Si les deux fractions d'un double chœur ont une couleur identique, une nouvelle division des parties devient nécessaire, et chaque chœur partiel sera chanté par des voix mêlées en proportions égales.

On avancera beaucoup l'étude des nuances en faisant entendre aux orphéonistes le morceau qu'ils vont travailler, chanté d'abord par un quatuor vocal composé des meilleurs musiciens de l'Orphéon, et, au besoin, accompagné au piano.

Cette première audition fera comprendre aux orphéonistes les intentions et les tendances du chœur; ils distingueront les passages affectés de nuances variées, ils saisiront la liaison des mélodies fractionnées et distribuées successivement à plusieurs parties, l'enchaînement des imitations qui se répondent et la suite des accompagnements dont la forme arrêtée semble dessiner un second chant sous une mélodie première. Lorsqu'ils chanteront eux-mêmes le morceau entendu, ils rendront mieux les nuances déjà comprises, et ils seront en état de faire ressortir les chants, les réponses, les imitations, les dessins et tous les traits saillants qui, cachés comme des énigmes dans les parties séparées, ne deviennent clairs que par l'ensemble.

# XIII

Les idées musicales s'énoncent dans des *phrases* :

Phrases harmoniques, formées d'une suite d'accords renfermant un sens ;

Phrases dramatiques, calquées sur le vers lyrique lui-même ;

Phrases mélodiques, qui affectent des formes déterminées par les cadences de notre système d'harmonie moderne.

Les phrases mélodiques régulières se composent d'un nombre pair de mesures disposées symétriquement en membres de phrases qui se correspondent et qu'on nomme *antécédents* et *conséquents*. Dans l'allégro du chœur de la *Muette*, « *Amour sacré de la patrie* » est le premier antécédent ; « *Rends-nous l'audace et la fierté* » est le premier conséquent ; « *A mon pays je dois la vie,* » deuxième antécédent, correspond au premier antécédent, et le pendant du premier conséquent se trouve dans ce second conséquent : « *Il me devra la liberté.* » D'autres phrases mélodiques régulières peuvent être plus compliquées, mais elles se ramènent toutes par l'analyse au type que nous venons de signaler.

Les phrases mélodiques irrégulières ont plus de liberté, plus d'imprévu dans leurs allures; les mesures n'y sont pas toujours réparties en nombre pair; un antécédent y reste quelquefois sans réponse, ou la réponse arrive avec un aspect nouveau; d'autres fois, le second conséquent se modifie, ou un antécédent inattendu se présente pour suspendre ou prolonger la période. Reconnaître et détailler ces phrases et ces portions de phrases musicales, diviser et faire ressortir les pensées qu'elles renferment pour les lier ensuite par une exécution savante, de même qu'un lecteur habile s'arrête et modifie ses intonations d'après la ponctuation d'un livre, c'est le secret du *style* [1].

Secret qu'on devine autant qu'on l'apprend, mais qu'on ne possède jamais entièrement sans le secours de la tradition.

Quelques œuvres chorales portent des indications qui précisent et facilitent la manière de *phraser*.

Ce sont des *ligatures* qui montrent au premier coup d'œil l'étendue des phrases;

Des *virgules* ou des *étoiles* qui limitent les points extrêmes de ces phrases, et permettent une longue ou une courte respiration;

Des traits de formes diverses qui caractérisent les passages à nuancer : *crescendo, sforzando* ou *diminuendo.*

En cas d'absence de ces signes, qui se rencontrent assez rarement, on doit en général :

Respirer aux endroits où s'arrête le sens des paroles,

Augmenter le volume du son quand la mélodie suit une progression ascendante,

Le diminuer quand le chant redescend dans les régions inférieures de la gamme.

Ces règles, comme toutes les règles générales, comportent des exceptions; elle n'aplanissent pas toutes les difficultés de l'art de phraser; l'audition fréquente des œuvres bien interprétées peut seule former le style, et lui donner de l'ampleur et de la correction.

---

[1] Le *style* signifie encore la manière particulière d'écrire pour les instruments ou pour les voix. C'est dans cette acception qu'on dit : *le style vocal, le style instrumental.*

# XIV

Les nuances et le style sont les moyens que l'art met à la disposition de ceux qui cherchent l'*expression*; moyens incomplets cependant, car, pour *exprimer* avec vérité, avec chaleur, il ne suffit pas d'observer les nuances et de phraser correctement.

Il faut avoir le *sentiment* et l'*intelligence*.

Or l'intelligence et le sentiment sont des dons que la nature nous a dispensés d'une main inégale; peu ont reçu beaucoup, beaucoup ont reçu peu. Comment reconnaître alors le point où se rencontreront dans l'Orphéon des esprits de portées si diverses? comment déterminer le degré d'expression qu'atteindra une masse composée d'aptitudes et de facultés opposées?

Le voici :

Si la masse des exécutants est considérable, l'effet sera proportionné au nombre; si le groupe orphéonique est restreint, il sera en rapport avec les qualités expressives des chanteurs pris en particulier.

En effet, lorsque les hommes se trouvent réunis en grand nombre et sous l'influence de certaines circonstances, il arrive une chose étrange : un lien instinctif les rapproche à leur insu, les mêmes pensées leur deviennent communes, le niveau intellectuel s'élève à une hauteur imprévue, et de cette communauté de sensations, de cette fusion d'idées résulte un sentiment qui résume tous les autres, en en multipliant la force et l'énergie.

C'est le sentiment collectif auquel le génie seul est supérieur.

C'est le sentiment du public, c'est le sentiment des foules qu'émeuvent et passionnent, au théâtre et sur la place publique, les sublimes conceptions, les paroles généreuses, les actions héroïques.

Mais, si l'émotion des grandes masses est véhémente, elle ne se manifeste avec toute sa puissance d'expression que dans un cercle d'idées restreint. Des milliers de chanteurs, rassemblés pour célébrer une fête nationale, ne rendront d'une manière complète que des pensées simples et largement résumées dans un sens religieux, guerrier ou patriotique.

Réunis en moins grand nombre, les orphéonistes peuvent aborder des sujets plus divers et des tons plus variés.

Quand ils ne forment plus qu'un groupe de quelques voix, le prestige d'une exécution grandiose disparaît, chaque individualité est mise en lumière ; l'effet n'est plus produit seulement par la force du sentiment général, il réside surtout dans la délicatesse et la perfection des détails.

Nous avons dit que, pour bien exprimer, il fallait comprendre et sentir.

Il faut comprendre d'abord.

Sentir, c'est comprendre avec le cœur.

Chaque morceau choral est une scène dont les orphéonistes sont les acteurs. Pour leur expliquer les développements de ces fragments dramatiques, pour les pénétrer du rôle qu'ils vont y remplir, qu'on leur lise de suite les vers sur lesquels la musique a été composée, en passant les répétitions et en restituant les coupures exigées par l'enchaînement des mélodies.

Une simple lecture accentuée suffit, lorsqu'il s'agit de faire chanter des poésies où la pensée ardente se révèle sous une forme harmonieuse et imagée, comme le *Lac* de Lamartine ou le *Feu du ciel* de Victor Hugo ; toutes les explications

du monde n'ajouteraient rien à la grâce, à la force, au charme
de ces vers jaillis, idées et mots, d'une seule inspiration.

Mais il est d'autres morceaux, écrits sur un rhythme dé-
terminé, dont l'idée principale ne manque pas d'une certaine vigueur, d'un certain naturel, et dont la forme est si
médiocre, qu'ils ont besoin d'une paraphrase, d'un commentaire poétique dès que la musique ne les recouvre plus
de son manteau.

Telles sont, entre autres les paroles de la *Danse hongroise*.

> Voici la danse hongroise
> Qui passe et se croise.
> Chacun s'avance,
> Chacun s'élance
> Avec ardeur,
> C'est une ivresse
> Enchanteresse.
> C'est le bonheur.
>
> Voici la danse hongroise, etc.
> Va, Péréza, sur le cœur qui t'adore
> Appuyer tes bras,
> Va, Péréza, la cymbale sonore
> Guidera tes pas.
> Voici la danse hongroise, etc.
>
> Valsez,
> Jeunes filles timides
> Comme le vent rapides,
> Volez.
> Voici la danse hongroise, etc.

Certes, de pareils *bouts-rimés* ne paraissent guère suscep-
tibles d'être chantés avec une expression quelconque, si l'on
n'en développe pas autrement l'intention générale. Nous
allons montrer comment cela est possible, en donnant ici la
traduction littérale du petit poëme madgyar auquel la *Danse
hongroise* a été empruntée.

« Voici la danse, la danse hongroise!

« On saute, on court, les genoux frémissent, les éperons résonnent, c'est un transport, c'est une ivresse ; les bras étendus, les lèvres ouvertes, le regard ardent, on désire, on craint, on espère...

« C'est la danse hongroise ! la danse hongroise !

« Toujours courant, toujours tendant les bras, je décris autour d'elle un cercle rapide. Elle me voit, elle m'imite et ses genoux frémissent, et ses jambes plient... Désir ! crainte ! espoir !...

« C'est la danse hongroise ! la danse hongroise !

« Oh ! rien ne lui ressemble ! rien ne lui ressemble ! Adieu mon manteau, que le vent l'emporte ! Au loin ma veste brodée et ses passementeries d'or ! c'est le délire ! c'est l'ivresse !

« C'est la danse hongroise ! la danse hongroise !

« Que la mort vienne et me surprenne dans l'extase de cette danse charmante ! Désir ! crainte ! espoir ! amour ! délire ! ivresse !...

« C'est la danse hongroise ! la danse hongroise ! »

Maintenant que la pensée du poëte leur est connue tout entière, les orphéonistes ne voient plus la lettre seule du chœur. Derrière les mots stériles et froids, tout un monde d'idées s'éveille, la strophe lourde et insignifiante rappelle un souvenir vivant, l'imagination excitée anime et colore les mélodies, et, en chantant le mot et la note, on chante autre chose encore, le sens mystérieux qui échappait au lecteur vulgaire, et qui se dégage, et qui devient visible par une interprétation expressive.

Ainsi, aux accents des bardes scandinaves, toutes les formes, tous les bruits de la nature, prenaient un corps, une voix. Les vents d'orage devenaient un chant prophétique, les nuées indécises se transformaient en blanches valkyries, et la terre glacée du pôle semblait aux guerriers d'Odin une patrie enchantée.

Illusion ou symbole, c'est l'*idéal* qui donne à toutes choses le mouvement et la vie.

Et, pour trouver, pour exprimer cet idéal, il faut, nous le répétons, *savoir comprendre, pouvoir sentir*.

# XV

Les voix d'hommes parcourent une échelle dé sons peu étendue; le timbre des ténors ne diffère pas sensiblement de celui des basses : aussi les chœurs d'hommes sans accompagnement ne tarderaient-ils pas à paraître monotones, si l'on n'employait pas quelquefois certains moyens destinés à rompre l'uniformité du chant choral.

———

Dans les compositions développées, on imagina d'abord de couper les ensembles par des *soli* que la masse accompagnait en chantant des paroles disposées sur des *accords plaqués*.

Puis, on fit disparaître les paroles de l'accompagnement, et on remplaça les accords plaqués par des *vocalises*, par des murmures à *bouche fermée*.

Enfin on varia la sonorité des parties concertantes par des *imitations d'instruments*, par des *effets d'orchestre*.

———

Les *vocalises* se chantent, comme on sait, sur les voyelles *a* ou *o*. Leur exécution n'est pas bien compliquée, et pourtant elle demande beaucoup d'études, car elle met en lumière tous les défauts des voix cachés auparavant par la prononciation des paroles. Les sons vocalisés par un chœur doivent être égaux, soutenus, purs et d'un timbre homogène.

Nous renvoyons pour cela aux exercices que nous avons déjà recommandés, § X.

Les murmures *à bouche fermée* (*bocca chiusa*) [*brummstimmen*] nous sont venus de l'Allemagne, en passant par la Belgique. On obtient ces murmures de deux manières :

1° En fermant complétement la bouche et en tenant les dents serrées. L'air passe par les narines sans produire pour cela un son nasal. Ces *brummstimmen* sont doux; leur timbre voilé et d'un caractère mystérieux forme, sous la voix des solistes, de délicieux accompagnements.

2° On peut donner plus de force aux *brummstimmen* en desserrant un peu les dents, en entr'ouvrant les lèvres pour laisser passer le son par la bouche. Mais il faut s'arranger de manière à produire en même temps une sorte de bourdonnement, de murmure; sans cela, cette seconde espèce de chant *à bouche fermée* se réduirait à une simple vocalise et perdrait son charme étrange.

En chantant ces murmures *à bouche demi-fermée*, la voix de chaque exécutant tend à reprendre son timbre individuel; l'homogénéité des sons de la masse se trouve compromise. Il faut, pour la rétablir, faire répéter les passages *à bouche demi-fermée* aux parties séparées, puis réunies, en maintenant un même son comme type du timbre commun.

Les accompagnements à bouche fermée se composent en général de notes tenues qui nécessiteraient, chez les chanteurs, l'habitude des longues respirations; mais ces bourdonnements, ces murmures, n'occasionnent qu'une dépense d'air très-minime, et les Orphéonistes peuvent d'ailleurs conserver aux *tenues* une apparence de continuité, en s'entendant entre eux pour ne pas respirer tous à la fois aux mêmes endroits.

6

L'étude de nos *Exercices de chant choral*, nᵒˢ 5, 6, 7 et 8, servira à l'exécution des accompagnements *à bouche fermée*, qui procèdent par *dessins*, par notes *martelées* ou *piquées*.

———

Des expériences récentes ont réussi à étendre plus loin les ressources du chant des hommes, sans accompagnement, en faisant *imiter* aux voix graves les voies aiguës, plusieurs instruments et même certains bruits.

Toutes ces *imitations* doivent être employées avec ménagement et chantées avec une grande perfection, sous peine de devenir plates, inintelligibles ou même ridicules. Elles ont plus de vraisemblance dans la demi-teinte, dans la nuance *piano;* leur exécution a besoin d'une grande exactitude pour soutenir l'épreuve du *forte,* qui détruit l'illusion des *à peu près.*

Le directeur d'une société chorale assurera le succès des imitations d'instruments, en faisant exercer chaque homme séparément à reproduire de son mieux le timbre de l'instrument que l'on se propose de remplacer par la voix humaine. Il formera ensuite de petits ensembles de deux, trois, quatre voix et plus, avant d'arriver à la répétition générale.

———

Pour imiter les voix de femmes ou d'enfants, il faut choisir parmi les ténors et les barytons ceux dont le fausset est le plus étendu, le plus souple, le plus frais, et ne pas les conduire dans des régions trop élevées. Le *ré bémol aigu* est ordinairement la limite extrême du fausset des ténors. La plupart ne sont déjà plus maîtres de leur organe dès qu'ils atteignent le *contre-ut* de tête. Quand les imitations de voix aiguës sont écrites à plusieurs parties, comme la voix de fausset est très-perçante, on peut n'employer pour faire la partie supérieure qu'un ou deux ténors, ceux dont la voix de tête est la plus sympathique.

---

Les *iodler*, dans lesquels les Tyroliens font briller par des alternatives rapides leurs registres de tête et de poitrine sur les sons *la-i-ou*, sont un utile accessoire des chœurs d'hommes. Nous n'analyserons pas leurs *effets* bien connus et les procédés à l'aide desquels on les obtient.

---

Les fanfares des *cors* (d'harmonie) se font *à bouche demi-fermée*, sur la voyelle *o*, prononcée d'une manière gutturale, ou bien sur la syllabe *ou*, précédée d'une articulation.

Les sonneries des *trompettes* sont plus difficiles à rendre. On s'exerce à les reproduire en chantant sur l'*a* fermé, et en faisant passer le son par un coin des lèvres entr'ouvertes.

---

Les *orgues* d'églises ont deux séries principales de *registres* : les jeux de *fonds* ou de flûte, qui sont très-doux (*bourdon, flûte, prestant*, etc.), et les jeux d'*anches* (*basson, hautbois, bombardes, trompettes*, etc.), employés souvent dans les *forte*. Ces deux grands *effets* de l'orgue peuvent être imités :

Les jeux de flûte, *piano*, par la syllabe *ou* murmurée *à bouche demi-fermée*;

Les jeux d'anches *forte* ou *mezzo forte* par la syllabe *ein* chantée *forte à bouche fermée*, le son passant par le nez.

Des voix de *basses-contre* seraient précieuses ici pour soutenir, de temps à autre, quelques notes très-graves qui paraîtraient données par un jeu de pédales.

Les premiers essais tentés isolément pour simuler les jeux d'anches sembleront détestables. Qu'on ne s'en effraye pas. On ne jugera bien du résultat qu'à l'ensemble, après un nombre suffisant de répétitions, dans une salle sonore et à une certaine distance du chœur.

Les instruments à vent étant construits sur le modèle du gosier humain, ils ont avec lui plus d'un rapport naturel ; rien d'étonnant alors à ce que les voix d'hommes réussissent à contrefaire plus ou moins bien leur propre contrefaçon.

Mais leur faculté d'imitation ne s'arrête pas là.

----

Les instruments à cordes eux-mêmes, les *guitares*, les *harpes*, peuvent jusqu'à un certain point être remplacés, dans la musique chorale, par des accompagnements de voix seules.

Les premières *guitares vocales* ont été introduites en France par M. Gaubert, directeur des *Enfants de Lutèce*, dans une fort jolie composition de M. Gevaert (*Madrid*).

La syllabe *toum*, articulée fortement dans la nuance *piano*, lancée par la langue sur les dents, et réfléchie contre le voile du palais et les fosses nasales par un mouvement de la mâchoire inférieure qui rapproche et ferme les lèvres, produit un son analogue à celui des *pizzicati* de violoncelle. Lorsque plusieurs parties bien nourries chantent ce *toum* sur plusieurs notes simultanées du médium, on croit entendre les accords de la *guitare*.

La syllabe *linn*, *pianissimo* sur des accords plaqués, ou la syllabe *lou* très-piquée, très-pure, chantée *à bouche demi-fermée* par les ténors, sur des arpéges qui parcourent les registres du médium et du fausset, donne une idée du frémissement aérien des *harpes*.

Les basses, dans leurs notes graves (le *si bémol*, le *la*), peuvent rappeler à l'imagination la sonorité des *cloches*, en prononçant le dissyllabe *daounn*.

*Da* sourdement, presque *dô*, en élargissant le son avec rondeur.

*Ounn* prolongé *à bouche fermée* pour simuler les longues vibrations du métal.

------

Le bruit lointain des *tambours* est fidèlement rendu par des *planh* étouffés, sourds, mats, partant du fond de la poitrine. Cet *effet* de tambours qui s'éloignent est un des plus faciles à produire pour un Orphéon nombreux. L'illusion est complète dans les *pianissimo*.

Les voix humaines peuvent se rapprocher parfois des voix de la nature et imiter les soupirs de la *brise*, les mugissements de la *tempête*.

Les dessins les plus favorables pour traduire ces plaintes vagues de l'air sont des gammes chromatiques qu'on murmure *bocca chiusa*, ou sur lesquelles on module le sifflement *zzz*, ou qu'on chante sur la syllabe *ou* en faisant entendre l'articulation continue du *V* (*vvvv...*).

------

Les amateurs de musique imitative ont été plus loin encore.

Un savant musicien, auteur d'ouvrages didactiques fort estimés, M. George Kastner, parle, dans les Recherches historiques qui précèdent ses *Chants de la vie*, « d'une drolatique production de M. Kunz, écrite pour quatre voix d'hommes, et deux voix qui sifflent leurs parties afin d'imiter le petit bruit causeur de l'eau qui bout (*brr*) et celui de deux *knœdel*, sorte de boulettes cuisant dans cette eau (*zsch*). Quoique du burlesque le plus complet (les deux boulettes causent ensemble, se prennent de querelle et s'*entament* mutuellement), ce chœur présente un travail de contre-point très-habile et des imitations dont l'auteur a tiré un parti non moins avantageux que piquant. »

———

Puisque nous en venons à mentionner les *imitations comiques*, nous citerons comme une des-plus heureuses et des plus musicales de ce genre celle qui, dans les *Boulangers* d'Adam, reproduit les gémissements nocturnes des *geindres* par des *hhein!* lamentables.

Le répertoire des Sociétés chorales comprend aussi des scènes de *crieurs de journaux*, des tableaux de Paris animés par les mélopées particulières aux marchands ambulants, des chœurs de soldats accompagnés d'*éclats de rires*, des intérieurs de marchés ornés de *cris d'animaux*...

Arrêtons-nous enfin sur cette pente glissante, et reconnaissons qu'il faut user très-sobrement de toutes ces imitations, qui peuvent un instant jeter quelque variété, quelque étrangeté, quelque charme nouveau dans le chant d'ensemble, mais qui ne doivent jamais l'envahir au point de fausser sa nature, de compromettre sa dignité par l'exécution périlleuse de difficultés puériles et d'un goût au moins douteux.

L'émission naturelle des voix humaines largement posées sur des harmonies sonores, modulant sans afféterie des mélodies d'un caractère élevé, exprimant avec vérité, avec force, les sentiments généreux, les nobles passions, tel est encore, tel sera toujours le plus bel *effet* du chant choral.

# NOTE A

---

# MESURES ADMINISTRATIVES

## CONCERNANT L'ORPHÉON EN PROVINCE

---

### DÉPARTEMENT DE L'AUBE

#### Circulaire et Arrêté de M. le Préfet.

Troyes, le 20 octobre 1853.

A MESSIEURS LES SOUS-PRÉFETS ET MAIRES DU DÉPARTEMENT.

Messieurs,

Dans un département voisin du nôtre, la propagation de l'Orphéon et les encouragements donnés à son organisation, ainsi qu'à celle des associations chorales et instrumentales, ont produit de bons résultats. Le goût des études musicales est devenu plus populaire, et dans toutes les conditions on a pu prendre sa part d'une distraction qui est à la fois morale et instructive.

Le Gouvernement, dans sa sollicitude pour les œuvres d'utilité générale, favorise les institutions de musique et de chant, qui partout sont placées sous la protection de l'autorité.

Le Conseil général de l'Aube a voté dans sa dernière session une somme de 500 fr., à titre d'encouragement, et nous ne doutons pas que son exemple ne soit bientôt suivi par les administrations municipales et par tous les amis des arts et de la musique.

C'est dans la pensée de seconder tous ces efforts et de venir en aide à ces associations, que je considère comme très-utiles, en même temps que pour hâter le développement d'une œuvre qui a toutes nos sympathies, que je viens de prendre un arrêté qui organise une commission centrale au chef-lieu du département.

La création de cette commission aura pour résultat de favoriser les nouvelles institutions, et d'augmenter les bons effets qu'on doit en attendre.

Je compte, messieurs, sur votre amour du bien public, comme sur votre zèle, ainsi que sur celui des habitants de ce département, des membres du clergé et de l'instruction publique, pour prêter à la commission départementale un concours actif, utile et éclairé.

Recevez, messieurs, l'assurance de ma considération très-distinguée.

*Le Préfet de l'Aube,*

A. BÉLURGEY DE GRANDVILLE.

---

### Arrêté.

Nous, Préfet du département de l'Aube,

Considérant qu'il importe de favoriser le développement des études musicales et des concours entre les Orphéons et les corps de musique du département de l'Aube,

ARRÊTONS CE QUI SUIT :

ARTICLE 1er. — Une association chorale et instrumentale est fondée dans le département de l'Aube

ART. 2. — Sont appelés à faire partie de cette association :

1° Tous les membres des Orphéons du département et des corps de musique communaux;

2° Tous les membres des sociétés chorales et instrumentales particulières;

3° Tous les artistes, amateurs, et autres personnes s'intéressant aux progrès et à la propagation de l'art musical.

ART. 3. — Le fonds social se compose :

1° D'une cotisation de 50 centimes par mois ;

2° Des dons faits à l'association et des profits qu'elle pourra réaliser par suite de concerts, bals et solennités musicales quelconques ;

3° Des allocations annuelles qui pourront être votées en faveur de l'association par le Conseil général et par les Conseils municipaux.

ART. 4. — L'association est appelée à supporter :

1° Les frais de voyage et de séjour *obligé* des membres des Orphéons et des corps de musique dans les villes du département où auront lieu successivement les concours ; et même dans les localités étrangères au département, lorsque la commission centrale aura jugé à propos de l'autoriser ;

2° Si les ressources de la Société le permettent, les frais d'un institut musical, établi à Troyes, où seront instruits gratuitement les enfants et les adultes qui se destinent à l'étude du chant et des instruments.

ART. 5. — Pour avoir droit aux avantages énumérés au § 1er de l'article 4, il faut :

1° Adhérer aux présents statuts ;

2° Avoir payé l'annuité de la cotisation un mois avant l'époque fixée pour le concours ;

3° Habiter le département de l'Aube.

ART. 6. — Il y a, à Troyes, une commission centrale pour tout le département. Elle dirige l'association et désigne les localités dans lesquelles peuvent être établies des sous-commissions.

ART. 7. — La commission centrale est nommée par le Préfet, qui en est le président d'honneur. Les sous-commissions, composées d'au moins cinq membres, sont également nommées par le Préfet, sur la proposition des Maires et la présentation des Sous-Préfets.

Le directeur de l'Orphéon et le chef du corps de musique font de droit partie de la commission ou de la sous-commission de leur localité.

Les Sous-Préfets sont présidents d'honneur de la sous-commission du chef-lieu de leur arrondissement.

Les Maires président de droit les sous-commissions de leurs communes respectives.

ART. 8. — Les membres de la commission centrale et des sous-commissions sont nommés pour deux ans, et peuvent, à l'expiration de ce délai, être continués dans l'exercice de leurs fonctions.

Art. 9. — Le comité central reçoit, par les soins des sous-commissions, les cotisations de tous les adhérents, ainsi que la recette des concerts, bals et solennités qui seraient donnés au profit de l'association.

Art. 10. — Les cotisations mensuelles doivent être envoyées à la commission centrale à la fin de chaque trimestre.

Art. 11. — Chaque sous-commission devra envoyer à la commission centrale, un mois avant le concours, un rapport sur ce qu'elle aura fait pendant l'année dans l'intérêt de l'association.

Art. 12. — Dans le mois qui suivra le concours annuel, la commission centrale présentera le compte rendu des travaux de l'association dans tout le département. Copie de ce compte rendu sera adressée au Préfet.

Art. 13. — Aucune modification aux dispositions ci-dessus ne pourra être faite que par la commission centrale, et après approbation du Préfet.

Art. 14. — Le présent Arrêté sera inséré au *Recueil des Actes administratifs*.

Fait à Troyes, le 20 octobre 1853.

*Le Préfet de l'Aube :*

A. BÉLURGEY DE GRANDVILLE.

---

## DÉPARTEMENT DE SEINE-ET-MARNE

### Arrêté de M. le Préfet.

Nous, préfet de Seine-et-Marne, chevalier de l'ordre impérial de la Légion d'Honneur et de l'ordre de Saint-Ferdinand d'Espagne de 2ᵉ classe ;

Vu la délibération prise, au sujet des Orphéons, par le conseil général du département, dans sa session de 1854 ;

Avons arrêté :

# TITRE PREMIER.

## COMMISSION DÉPARTEMENTALE.

ARTICLE 1er. — Il est créé une commission centrale de direction et de patronage des Orphéons du département de Seine-et-Marne. Cette commission, siégeant à Melun, est composée comme suit :

### PRÉSIDENT D'HONNEUR.

M. le PRÉFET.

### PRÉSIDENT.

M. le comte de COURCY, membre du conseil général, maire de Nesle.

### VICE-PRÉSIDENT.

M. VIELLOT, membre du conseil général, président du tribunal de Meaux.

M. GAREAU, député au Corps législatif, membre du conseil général à Bréau.

### TRÉSORIER.

M. PETIT, receveur général à Melun.

### MEMBRES.

M. le comte Henri DE GREFFULHE, membre du conseil général, propriétaire à Nangis; M. DE JUNQUIÈRES, membre du conseil général, propriétaire et maire à Chanteloup; M. FALCOU, membre du conseil général, propriétaire et maire à Ury; M. le comte DE LYONNE, membre du conseil général, propriétaire à Saint-Fargeau; M. RIANT, inspecteur général de l'instruction primaire, à Melun; M. BROCHANT DE VILLIERS, propriétaire à Rozoy; M. le MAIRE de Melun; M. l'INSPECTEUR de l'Académie; M. le DIRECTEUR de l'école normale, à Melun; M. DELAPORTE, directeur des concours, rue des Marais-du-Temple, 48, à Paris; M. JOYEUX, chef de division à la préfecture, *secrétaire*.

### MEMBRE HONORAIRE.

M. Adolphe ADAM, membre de l'Institut, rue Bulfaut, 24, à Paris.

ART. 2. — Cette commission continuera de remplir les fonctions de commission départementale de l'Association chorale, but pour lequel elle avait été d'abord instituée.

ART. 3. — Une sous-commission sera formée parmi les membres de la commission centrale, et composée comme suit :

### PRÉSIDENT.

M. le comte DE COURCY, membre du conseil général.

### VICE–PRÉSIDENT.

M. le MAIRE de Melun.

### MEMBRES

M. FALCOU, membre du conseil général ; les membres de la commission centrale qui résident à Melun ; M. DELAPORTE, directeur des concours.

ART. 4. — Cette sous-commission est chargée de surveiller ou de faire surveiller l'exécution des décisions prises par la commission centrale et approuvées par M. le préfet. Dans ses réunions, elle a le droit de prendre, en cas d'urgence, toutes les décisions qu'elle croira utiles dans l'intérêt des Orphéons du département, après, toutefois, avoir soumis ces décisions à l'approbation de M. le préfet.

ART. 5. — La commission centrale se réunit à la préfecture, dans les premiers jours des mois de février et juillet, pour prendre connaissance des rapports adressés par toutes les commissions locales du département.

ART. 6. — Dans sa séance du mois de février, la commission centrale devra s'occuper de l'organisation du concours annuel ; dans sa séance de juillet, elle fera un rapport sur l'état et les progrès des Orphéons du département.

ART. 7. — La sous-commission devra se réunir avant les séances de la commission centrale, afin de préparer le travail qui pourra occuper les séances de cette dernière.

## TITRE II

### ORGANISATION DES COMMISSIONS LOCALES ET DES ORPHÉONS

ART. 8. — Lorsque, dans une localité, le maire aura reconnu les éléments d'un Orphéon, il proposera à la nomination de

M. le préfet de l'arrondissement une commission composée de trois à cinq membres, et chargée de s'occuper, sous sa direction, ou de l'organisation et de la surveillance de l'Orphéon.

Art. 9. — L'instituteur public sera, de plein droit, directeur de l'Orphéon de chaque commune rurale, à moins qu'une nomination spéciale n'ait été faite par M. le préfet, ou en son nom, par M. le sous-préfet de l'arrondissement.

Art. 10. — Le directeur de l'Orphéon devra faire, en dehors du temps consacré aux études réglementaires, au moins deux leçons de chant par semaine, et d'une demi-heure chacune, aux élèves de l'école communale. Indépendamment de ces leçons, un second cours sera organisé pour les adultes et devra avoir lieu deux fois par semaine, le soir, pendant une heure chaque fois, dans la salle de l'école, si l'autorité n'y trouve aucun inconvénient.

Art. 11. — L'ouverture du cours d'adultes sera annoncée longtemps à l'avance et par un avis spécial qui lui donnera le plus de publicité possible. Il pourra être inauguré par le maire, assisté de la commission locale.

Art. 12. — Les dépenses communales des Orphéons, comprenant l'achat de la méthode Wilhém et de morceaux de musique, le chauffage et l'éclairage de la salle, une allocation pour le directeur, et les encouragements mentionnés à l'art. 16 ci-après, seront à la charge de la commune, si des fonds ont été alloués à cet effet au budget par le conseil municipal. Néanmoins, des subventions pourront être accordées, soit avec les fonds du département, soit avec les ressources de l'Association chorale.

Art. 13. — Tous les mois, chaque membre de la commission assistera à une ou deux leçons au moins du cours d'adultes, dans le but d'encourager le professeur et les élèves; il en sera de même pour les jeunes enfants de l'école communale.

Art. 14. — Si un membre de la commission croit avoir à adresser au directeur quelques observations sur l'enseignement ou la discipline, il ne devra pas les faire en présence des élèves, mais au directeur lui-même et en dehors des cours. Les observations qui s'adresseraient aux élèves devraient être faites directement et en présence des orphéonistes, lorsqu'on le jugera convenable.

Art. 15. — Tous les trois mois, chaque commission fera, sur l'état de l'Orphéon, un rapport qu'elle adressera à M. le préfet par l'intermédiaire de M. le sous-préfet des arrondissements, ou directement à M. le préfet pour l'arrondissement de Melun. Ce rapport comprendra les résultats obtenus et ceux qu'on peut espérer de la capacité et du zèle du directeur, du nombre, de l'exactitude et des progrès des élèves. On devra s'attacher à y faire ressortir les changements survenus dans les habitudes, la tenue, les manières, en général, des jeunes gens qui viennent aux séances ; les impressions morales et honnêtes qu'on aura remarquées dans les jeunes enfants. On signalera, enfin, tout ce qui aura été fait dans l'intérêt de l'Orphéon, et on indiquera les améliorations qu'il serait à propos d'introduire. Ces rapports devront être envoyés à la sous-préfecture avant le 20 des mois de janvier, avril, juillet et octobre.

ART. 16. — Deux fois par an, au moins, la commission, sous la présidence du maire, fera des examens, à la suite desquels des encouragements, consistant en mentions honorables, médailles, morceaux de musique, pourront être accordés.

L'époque de ces examens, dont les procès-verbaux seront envoyés à la commission centrale, sera annoncée d'avance à la sous-préfecture par la commission locale, afin que l'inspecteur ou quelques-uns des membres de la commission centrale puissent y assister.

ART. 17. — Lorsque l'enseignement musical sera régulièrement organisé et suivi dans une localité, il y aura, au moins tous les deux mois, une réunion générale, à laquelle prendront part les adultes et les élèves les plus avancés de l'école communale, pour exécuter, en public ou devant la commission locale, des morceaux de musique appris dans cet intervalle. Ceux des élèves qui ne pourraient y prendre part comme exécutants devraient néanmoins y assister comme auditeurs.

ART. 18. — Les adultes, de leur côté, pourront se réunir plus souvent, et de préférence le dimanche soir, en présence d'auditeurs invités par le maire, si ce magistrat le juge convenable.

ART. 19. — Avec l'autorisation de MM. les maires, les Orphéons de deux ou trois localités voisines pourront se réunir et exécuter, tantôt dans l'une, tantôt dans l'autre, des morceaux étudiés à l'avance.

ART. 20. — Il pourra être créé plus tard, et lorsque le nombre des Orphéons communaux le permettra, des concours d'arrondissement. A la suite de cette organisation, nulle Société ne prendra part au concours départemental, si elle n'a obtenu une médaille au concours d'arrondissement.

ART. 21. — Nul Orphéon nouveau né sera mis en activité dans une localité avant que le réglement particulier qui doit le régir, et qui sera proposé par le maire et la commission, ait été approuvé par M. le sous-préfet de l'arrondissement.

ART. 22. — Les membres de la commission centrale font de droit partie de chaque commission locale.

Melun, le 20 octobre 1854.

A. DE BOURGOING.

## DÉPARTEMENT DE SEINE-ET-OISE

### Circulaire de M. le Préfet.

A MM. LES SOUS-PRÉFETS ET LES MAIRES DU DÉPARTEMENT.

Messieurs, plusieurs communes du département ont déjà compris tout le parti qu'on pouvait tirer de la musique, en organisant des Sociétés musicales ou Orphéons : c'est une utile récréation. Elle polit les mœurs et favorise les perfectionnements moraux. Je me propose d'étendre l'organisation de ces Sociétés au plus grand nombre possible de localités; et, pour atteindre ce but, j'ai besoin de votre concours.

Je vous prie, en conséquence, de faire parvenir à M. le sous-préfet de votre arrondissement une notice répondant aux questions suivantes :

*1° Cours de musique aux enfants des écoles.*

1° Un concours de chant est-il pratiqué à l'école communale ?
2° Est-il fait par l'instituteur ou par un professeur spécial ?
3° Combien de temps y est consacré ?
4° Combien d'élèves y prennent part ?

7.

**2° *Cours aux adultes ou Orphéons.***

5° Y a t-il un cours de chant ou un Orphéon organisé pour les
   adultes ?

6° Par qui est-il fait ?

7° Quelle influence morale exerce t-il sur les jeunes gens qui
   y prennent part ?

8° Si le cours n'existe pas, serait-il possible de créer un Orphéon ?

9° L'instituteur serait-il en mesure de le diriger ?

10° A son défaut, existe-t-il un professeur qui puisse s'en
   charger ?

11° A quelle époque pourrait être ouvert ce cours ?

12° Combien de jeunes gens pourraient y prendre part ?

Vous joindrez à vos réponses tous les renseignements qui pourront être utiles à l'administration, pour juger de la situation de
la commune en ce qui concerne l'organisation projetée ; et MM. les
sous-préfets, après avoir réuni, pour leur arrondissement, les
réponses de toutes les communes, me feront parvenir un rapport
détaillé sur l'état de choses actuel et sur ce qu'il convient de faire
pour étendre l'étude de la musique et la rendre plus populaire.

Le préfet de Seine-et-Oise,

DE SAINT-MARSAULT.

*Nota.* Dans tous ces départements le chant est enseigné par la
méthode Wilhem.

**NOTE B**

# ORGANISATION DE L'ORPHÉON DE PARIS

Il n'y a pas encore bien longtemps que la France était entièrement dépourvue du chant scolaire dont étaient dotés l'Allemagne
la Suisse et d'autres États de l'Europe. Ce n'est qu'en 1815, après
que la Société pour l'instruction élémentaire eut introduit dans
notre pays l'enseignement mutuel, que l'on s'appliqua à professer
le chant par cette nouvelle méthode si propre à l'initiation des
masses. De 1817 à 1819, d'une part, dans cette Société, de l'autre
dans le conseil d'instruction primaire de la Seine, on tenta de
nombreux essais dans lesquels on voit figurer les noms de Choron,
de G. Nezot, de Galin, de Wilhem. Enfin, le 23 juin 1819, M. le
baron de Gérando fit, à la Société pour l'instruction élémentaire,
la proposition d'introduire le chant dans les écoles populaires.
L'examen comparatif des méthodes donna lieu à divers rapports;
et, après avoir été essayée dans l'École-Modèle de la rue Saint-
Jean-de-Beauvais, la méthode B. Wilhem fut adoptée et introduite
successivement dans les deux écoles de la Société et dans neuf
écoles de la Ville de Paris.

Au mois de mars 1835, d'après la proposition de M. de Rambu-
teau, préfet de la Seine, président du comité central d'instruction
primaire, et sur le rapport d'une Commission spéciale, composée
de MM. Bouvatier, Cochin, Orfila, Perrier et Boulay (de la Meurthe),
rapporteur, le Conseil municipal ayant voté à l'unanimité l'enseignement du chant dans toutes les écoles communales de Paris,
il fut immédiatement introduit dans trente écoles de plus[1].

Le même enseignement du chant a lieu maintenant dans 3 écoles
supérieures, 63 écoles mutuelles, 26 écoles simultanées, dirigées
par les Frères de la Doctrine chrétienne, 25 écoles dirigées par les
Sœurs, et dans 13 classes d'adultes hommes. Il a été recommandé
à tous les régiments par M. le ministre de la guerre[2].

Plus de sept mille enfants et de dix-huit cents hommes se livrent
à l'étude spéciale du chant dans les établissements communaux de
Paris, et la *totalité* des enfants de chaque école reçoit une utile
instruction musicale *préparatoire*, en participant aux chants des
prières et des marches, et en concourant aux exercices généraux
de musique vocale.

L'institution *de grandes réunions de chants d'ensemble*, dites
*Réunions générales de* l'ORPHÉON, à Paris, est peut-être ce qui a le

---

[1] Méthode de B. Wilhem, 9e édition, approuvée, recommandée par le
Conseil de l'Instruction publique, chez Perrotin, éditeur de la méthode
B. Wilhem et de l'Orphéon, 41, rue Fontaine Molière.

[2] Ce n'est pas un des moindres bienfaits de Wilhem que d'avoir introduit l'enseignement du chant et les bonnes habitudes qu'il donne dans des
corps assujettis à de si dures lois d'exception et tenus si complétement en
dehors de la société au milieu de laquelle ils vivent sans l'aimer. On dit
qu'il existe déjà en France soixante-dix écoles régimentaires de chant.

Le nombre total des élèves des établissements primaires communaux
de la Ville de Paris s'élève à 27,240, et les écoles dans lesquelles est introduite la méthode Wilhem représentent une population de 18,800. Les
élèves lisant couramment reçoivent seuls l'enseignement régulier du
chant : c'est au moins le tiers, soit six mille, auxquels il faut ajouter an-
nuellement deux mille adultes.

Wilhem, dans les vingt-six ans qu'il a consacrés à l'enseignement et à
la moralisation d'une population si nombreuse, a exercé son influence
directe sur deux cent mille hommes au moins, qui ont agi à leur tour sur
tous leurs points de contact. Qu'on dise combien de professeurs, combien
de personnages éminents, combien d'hommes d'État ont pu faire un si
digne emploi de leur existence, et avec une aussi rare modestie ! (*Notice
de M. Trélat.*)

plus contribué à fixer l'attention des autorités municipales ou
scolaires et celle du public éclairé sur la possibilité d'améliorer
le chant populaire par l'enseignement régulier de la musique dans
les écoles primaires (enfants et adultes hommes).

Les premières *réunions* de jeunes élèves pour l'étude de chants
d'ensemble s'ouvrirent en octobre 1833, dans le local de l'École
du passage Pecquet, où venaient se rendre une fois par mois, et
de quartiers fort éloignés, les principaux enfants du chant de onze
écoles élémentaires. Vers la fin de 1835, M. B. Wilhem proposa
d'étendre, d'une manière régulière, à toutes les écoles communales, les avantages des réunions gratuites de *chant*, et le Comité
central délibéra, le 26 novembre 1836, un *Règlement pour la
tenue des Réunions de l'Orphéon*, approuvé par le ministre de
l'instruction publique, les 8 mars et 11 novembre 1836, et revu
par le Comité central, le 14 décembre 1843.

Indépendamment des Réunions générales de l'Orphéon, à la Sor-
bonne ou au Cirque, d'autres résultats importants continuent à
se manifester par l'exécution fréquente de bonne *musique sacrée*,
dans les églises paroissiales des quartiers populeux de la capitale
et dans les églises de plusieurs villages des environs de Paris.

L'histoire récente de l'enseignement populaire du chant, dans
la ville de Paris, peut donc déjà se diviser en trois époques :
1re *époque*, celle de 1819, où le chant a été introduit, pour la première fois, dans quelques écoles ; 2me *époque*, celle de 1835, où,
par une bienfaisante extension de la loi de 1833, le Conseil municipal de Paris a voté le chant pour toutes les écoles communales ; 3me *époque*, celle de 1838, où le chant est devenu un *enseignement universitaire*.